EL MILLONARIO Y LA BAILARINA
MAYA BLAKE

Editado por Harlequin Ibérica.
Una división de HarperCollins Ibérica, S.A.
Núñez de Balboa, 56
28001 Madrid

© 2018 Maya Blake
© 2018 Harlequin Ibérica, una división de HarperCollins Ibérica, S.A.
El millonario y la bailarina, n.º 2645 - 5.9.18
Título original: His Mistress by Blackmail
Publicada originalmente por Mills & Boon®, Ltd., Londres.

I.S.B.N.: 978-84-9188-368-5
Depósito legal: M-22090-2018
Impresión en CPI (Barcelona)
Fecha impresion para Argentina: 4.3.19
Distribuidor exclusivo para España: LOGISTA
Distribuidor para México: Distribuidora Intermex, S.A. de C.V.
Distribuidores para Argentina: Interior, DGP, S.A. Alvarado 2118.
Cap. Fed./Buenos Aires y Gran Buenos Aires, VACCARO HNOS

Capítulo 1

ALEXANDROS Christofides se quedó mirando el espacio vacío que solía ocupar la caja de terciopelo marrón donde guardaba su posesión más preciada. De algún modo, a pesar de las costosas medidas de seguridad que se habían instalado, se la habían arrebatado.

También faltaban otras cosas: varios fajos de billetes de cien dólares y unas cuantas joyas muy caras. Sin embargo, era la pérdida de aquella caja y lo que albergaba lo que más lo enfurecía.

Aquel collar que había dictado la historia de la familia había sido la piedra angular de su vida. Era más que una simple joya para él, y siempre lo sería. Y aunque, hasta donde alcanzaban sus recuerdos, el collar había sido para su familia un símbolo del deshonor y la desgracia que lo había acompañado desde el principio, había acabado representando algo muy distinto para él. Y ahora alguien lo había sustraído; alguien de su confianza había entrado en su despacho y se había llevado lo que le pertenecía.

Unos pasos pesados se detuvieron cerca de su escritorio, pero Xandro no se volvió. Sospechaba lo que iba a oír a continuación.

—Se ha ido, señor —le informó Archie Preston, el jefe de seguridad.

A pesar de las luces de neón que se encendían y apagaban en Las Vegas Strip, al otro lado del ventanal de su despacho, de pronto su mundo se tornó oscuro y gris, como el cielo antes de una tormenta. Se giró con los puños apretados.

—¿Quién es y dónde ha ido? —preguntó.

—Un vigilante jefe, señor. Benjamin Woods. Había pasado las pruebas para el puesto y, siguiendo las normas de la empresa, le proporcionamos un pase para esta planta.

—¿Cuándo fue eso?

—Hace un mes, señor.

Xandro se clavó las uñas en las palmas de las manos.

—¿Ha tenido un mes para planear esto?

—A-así es, señor —fue la vacilante respuesta que recibió.

—¿Y cómo lo hizo?

—En las grabaciones de las cámaras de seguridad se le ve escoltando a su suite al último de los invitados VIP a las cuatro de la madrugada —le explicó Archie—. Luego tomó el ascensor y subió a esta planta. Quince minutos después se le ve saliendo de este despacho con una mochila. Abandonó inmediatamente el hotel y tomó un taxi justo delante de la entrada. Hemos localizado al taxista. Woods le pidió que lo dejara a tres manzanas de aquí, y según el taxista se alejó por una calle secundaria.

—O sea que sabía que seguiríamos la pista al taxi, y solo lo utilizó durante un trecho para despistarnos.

Preston asintió.

—He mandado a algunos de mis hombres a los aeropuertos y las estaciones de autobuses para...

—Dígame de qué servirá eso cuando nos lleva trece horas de ventaja, señor Preston —lo cortó él con aspereza.

—Solo puedo ofrecerle mis más sinceras disculpas, señor Christofides. Y darle mi palabra de que, esté donde esté, lo encontraremos.

Xandro se obligó a aflojar los puños.

—Sabemos cómo consiguió entrar en mi despacho, pero no cómo averiguó la combinación de la caja fuerte. Aunque la pregunta más importante es cómo vamos a encontrarlo antes de que venda lo que ha robado.

Archie frunció el ceño y se rascó la nuca.

—Si da su permiso, contrataré a una docena de detectives para empezar la búsqueda.

—Lo tiene. Y también quiero que recabe toda la información posible sobre ese hombre y cada uno de sus familiares.

—¿Sus familiares? Si no le importa que lo pregunte, ¿de qué podría servirnos eso? —inquirió Archie vacilante.

Xandro esbozó una media sonrisa.

—Porque la familia es y siempre será la principal debilidad de cualquier hombre.

Haría pagar a Benjamin Woods por lo que había hecho, y se valdría de cualquier medio a su alcance.

Tras reiterarle las promesas que le había hecho, Archie se retiró y Xandro se volvió de nuevo hacia el ventanal. Era el dueño de la cadena de hoteles y casinos más exitosa del mundo; no había llegado tan alto, ni había escapado de las garras de la violencia y la pobreza, para acabar perdiendo aquello que lo había ayudado a superarse y lo había convertido en el hombre que era.

Capítulo 2

LAS RÍTMICAS pisadas iban perfectamente acompasadas con la música. O casi. Pocas personas se habrían dado cuenta de que iban ligeramente por detrás, pero Xandro se percató de ello tras unos pocos segundos.

De niño le había faltado casi de todo, pero siempre había tenido la música. Cuando su abuela, que padecía del corazón, había fallecido en el cuchitril del Bronx en el que habían vivido, su madre había tomado el relevo de la tradición musical que tan enraizada estaba en su familia. Desde entonces cada día había comenzado con su madre interpretando temas de su cantante favorita, María Callas, y había terminado con las evocadoras operetas de compositores de otros tiempos.

Había crecido viendo óperas en la tele, y las grabaciones de su madre bailando ballet. Sus abuelos habían metido esas cintas de vídeo en la maleta antes de subir al barco que los llevaría a Nueva York con su hija embarazada de dieciocho años, la joven cuyos sueños de convertirse en bailarina habían sido cruelmente desbaratados.

Un único foco iluminaba al bailarín sobre el escenario, y el auditorio de la Escuela de Artes Escénicas

de Washington D.C. estaba desierto salvo por un puñado de personas sentadas entre las dos primeras fi-
las. Xandro se había fijado en las caras de las mujeres
una por una cuando habían entrado, y lo había desani-
mado ver que ninguna de ellas era la que estaba buscando.

Había volado miles de kilómetros para encontrar a
Sage Woods, la hermana del ladrón que había robado su
posesión más preciada. Archie no había tenido tiempo
de conseguirle una fotografía actual de la joven. La
única de la que disponía había sido tomada hacía más
de una década, cuando solo tenía catorce años.

Pero sus facciones perfectas y su melena pelirroja,
tan llena de vida, la harían destacar aun en medio de
un gentío, así que, a menos que hubiera cambiado
muchísimo, no debería costarle reconocerla.

Esperó a que el auditorio se hubiera quedado vacío
antes de sacar el móvil del bolsillo de la chaqueta.
Archie se había redimido al haber rastreado a Sage
Woods hasta Washington D.C. en un tiempo récord,
pero no se sentía con ánimos de perdonarle. Claro que
tampoco ayudaba que le hubiese informado de que
Woods había conseguido la combinación de la caja
fuerte pirateando su ordenador.

En vez de hacer una «visita» a los padres de Woods
en Virginia, Xandro había optado por volar directamente a Washington D.C. desde Las Vegas. Aparte de
que, por lo que sabía, creía que conseguiría presionar
más a Woods a través de su hermana, los compañeros
de trabajo de Woods a los que Archie había interro-
gado le habían dicho que mencionaba con frecuencia
a su hermana, la bailarina.

Estaba a punto de llamar a Archie para asegurarse de que era allí donde se suponía que podría encontrarla, y que no se había equivocado, cuando una figura vestida con un maillot y medias negras salió al escenario de entre bastidores.

A pesar de que lo llevaba recogido en un moño deslavazado, su cabello, rojo como el fuego, la delató de inmediato. La chica flacucha de la foto que tenía en su móvil se había convertido en una mujer escultural, capaz de parar el tráfico. Él desde luego se había quedado paralizado al verla; lo había dejado sin aliento.

En su mundo la belleza femenina venía en un envoltorio llamativo, como un objeto decorativo de plata, perfectamente pulido y bien presentado. La mujer que estaba ante sus ojos, en cambio, y que creía que estaba a solas, no llevaba ni pizca de maquillaje, ni tampoco joyas. Por no llevar, no llevaba ni zapatos. Y, sin embargo, no podía apartar los ojos de ella. Recorrió con la mirada su fina cintura, las femeninas curvas de sus caderas, sus muslos bien torneados, sus largas piernas y sus delicados tobillos.

Mientras la observaba, la joven se sacó un MP4 de la cinturilla elástica que llevaba encima del maillot. Con la cabeza agachada, desenrolló el cable de los auriculares y se metió uno en cada oreja.

Xandro se cruzó de brazos mientras la veía enganchar el aparato a la cinturilla y frunció el ceño, molesto por no poder escuchar la música que iba a utilizar. Sin embargo, cuando vio cómo pasaba de estar completamente quieta a una cautivadora explosión de movimiento, dejó caer los brazos y observó hipnotizado la energía y el control que exhibía, y que solo podían conseguirse tras años de dedicación y muchas horas de ensayo.

–Disculpe. ¿Puedo ayudarlo en algo?

Xandro se sintió molesto consigo mismo. Tan absorto había estado en sus pensamientos, que no se había dado cuenta de que había abandonado la penumbra, delatando su presencia. Su irritación se tornó en enfado. No había ido allí para quedarse embelesado viendo a una extraña bailar.

–¿Es usted Sage Woods? –le preguntó con aspereza.

La vio tensarse y mirarlo nerviosa mientras se quitaba los auriculares y se los colgaba del cuello, como haciendo tiempo para dilucidar si era amigo o enemigo.

–Eso depende –contestó finalmente.

–¿De qué?

–De quién quiere saberlo. Y de que me diga primero qué está haciendo aquí –respondió ella.

–Estamos en un auditorio público. No necesito un permiso especial para estar aquí.

La joven frunció los carnosos labios.

–Sí, pero he reservado y pagado esta sesión privada, y hay un cartel fuera, sobre la puerta, que dice «no se admite público».

Xandro se encogió de hombros.

–Pues malas medidas de seguridad tienen cuando yo he entrado.

Ella se puso aún más tensa, y Xandro vio como sus ojos iban de él a la puerta antes de posarse en él de nuevo.

–Con lo trajeado que va, y esa expresión tan ceñuda, a menos que haya venido a una audición para interpretar a un director gruñón en una producción de Broadway, se ha equivocado de sitio. Márchese antes de que avise a seguridad.

En otras circunstancias, a Xandro lo habrían admirado sus agallas.

–¿Siempre se muestra tan suspicaz con los extraños, señorita Woods?

La joven lo miró de arriba abajo antes de alzar la barbilla desafiante.

–Es usted un poco presuntuoso. No he dicho que sea quien cree que soy.

–Niéguelo y me marcharé –la retó Xandro.

–Dudo que sea de los que aceptan un no por respuesta.

Xandro se acercó sin prisa hasta la primera fila.

–Me llamo Xandro Christofides. Deme las respuestas que necesito y dejaré que siga con su ensayo.

–¿Ha dicho que me... «dejará»? ¿Quién diablos se cree que es?

–Acabo de presentarme. Ahora le toca a usted.

–Yo... ¿qué es lo que quiere de... de Sage?

–Se trata de un asunto confidencial del que estoy seguro que ella no querría que hablase con nadie más. ¿O cree que querría que fuese por ahí, aireando sus trapos sucios? –la picó.

Esa vez no hubo una réplica ingeniosa y los ojos verdes de la joven lo escrutaron con recelo.

–Está bien, sí, yo soy Sage Woods. Y ahora, ¿le importaría decirme de qué va esto?

Xandro se subió de un salto al escenario y la joven, aturdida, retrocedió varios pasos.

–¿Qué... qué hace? Dígame ahora mismo por qué está aquí, o... –se calló y apretó los puños.

–¿O qué? –la instó Xandro.

–Dé un paso más y lo averiguará.

A pesar de su irritación, a Xandro le entraron ganas de reírse, pero entonces notó vibrar el móvil en su bolsillo, un recordatorio de que el hombre que le había robado el collar andaba suelto por ahí. Y la clave para encontrarlo era la joven que estaba ante él, preparada para defenderse con un rodillazo si hiciera falta.

–Hasta hace cuarenta y ocho horas su hermano, Benjamin, trabajaba como vigilante jefe en uno de mis casinos en Las Vegas. Robó una importante suma de dinero y varios objetos de valor, y luego desapareció. Quiero que me diga cuándo fue la última vez que hablaron y dónde puedo encontrarlo.

La joven palideció, pero recobró pronto la compostura y levantó la barbilla, desafiante.

–Disculpe, señor...

–Christofides. Xandro Christofides –repitió él con la mirada fijada en su rostro, pendiente de cualquier cambio en su expresión–. Soy el dueño de la cadena de hoteles y casinos Xei. Su hermano empezó a trabajar en mi casino de Las Vegas como crupier hace dieciocho meses y fue ascendiendo hasta ser nombrado vigilante jefe. Pero estoy seguro de que todo eso ya lo sabía.

–Pues se equivoca. No tengo la menor idea de dónde está mi hermano –le espetó ella, y le sostuvo la mirada un segundo antes de dar un paso atrás–. Si no se va usted, me voy yo.

Xandro la siguió con la mirada mientras se alejaba para recoger del suelo una pequeña mochila que se colgó del hombro. Luego giró la cabeza y añadió:

–Y aunque lo supiera, tampoco se lo diría.

Capítulo 3

SAGE sabía que no debería haber dicho eso. Había sido innecesario, y una provocación estúpida, una reacción visceral, cuando debería haberse mostrado indiferente y calmada. Lo que buscaban los abusones era precisamente eso: provocar esas reacciones viscerales. ¿Acaso no lo había aprendido por las malas siendo una adolescente?

Entonces, ¿por qué le había respondido de ese modo? Probablemente porque quería fastidiar a aquel hombre prepotente, igual que él la había fastidiado a ella interrumpiendo sus ensayos, la sesión que había pagado con el dinero que tanto le costaba ganar. Su objetivo era pasar una audición para ser admitida en la Compañía de Danza Hunter, por supuesto, pero para ella bailar siempre sería mucho más que una aspiración profesional. ¡Había sacrificado tanto para llegar hasta allí...!

Apretó el paso por el corredor que llevaba a los vestuarios. Era cierto que no tenía ni idea de dónde estaba su hermano. Aunque la llamaba una vez al mes, no esperaba saber de él hasta dentro de un par de semanas. «Por amor de Dios, Ben... ¿Qué has hecho?».

Lo cierto era que en el último año había visto a su hermano cada vez más resentido. Cuando habían hablado por teléfono no había hecho más que lamentarse sobre el que parecía haberse convertido en su tema favorito de un tiempo a esa parte: la desigualdad económica entre clases.

Para empezar no debería haberse ido a vivir y trabajar a un sitio como Las Vegas. No cuando en los últimos seis meses se había hecho tan dolorosamente evidente que estaba empezando a tener problemas con el juego. Cuando lo había instado a que buscase ayuda, él había negado que tuviera ningún problema, aunque le había prometido a regañadientes que la llamaría una vez al mes para contarle cómo estaba y que no se preocupara.

Xandro Christofides no había respaldado con pruebas la acusación de que su hermano le había robado, pero en lo más hondo de su ser sabía que era muy probable que fuese cierto.

¿Debería haberse quedado a hablar con Christofides? ¿Haberle suplicado el perdón para su hermano aun no estando segura de que hubiera hecho nada malo?

No. No le debía nada a aquel tipo, y Ben había sido el único que la había apoyado, el único que había creído en ella, se recordó cerrando de un golpe la puerta de la taquilla, antes de colgarse de nuevo la mochila del hombro.

Cuando salió del edificio por la puerta lateral, que daba a una bocacalle, se encontró a Xandro Christofides esperándola allí. Su mano apretó el tirante de la mochila.

—Parece que no me equivocaba en que es de los que no aceptan un no por respuesta. ¿Qué va a hacer ahora, raptarme?

Él la miró pensativo.

–No tengo intención de hacerle ningún daño, señorita Woods. Y, aunque no es habitual en mí, sí que he aceptado una negativa en alguna ocasión. Lo que considero inaceptable, eso sí, son las mentiras, y sé que me ha mentido cuando dice que no sabe dónde está su hermano –le dijo en un tono impaciente.

–¿Y cómo pretende demostrarlo? –le preguntó Sage con desdén.

Christofides apretó la mandíbula.

–Le daré un consejo: no juegue conmigo; tengo muy poca paciencia. Su hermano se ha llevado algo muy valioso para mí, y cuanto antes se muestre dispuesta a colaborar conmigo para que pueda recuperarlo, más indulgente me mostraré con él.

Sage tragó saliva.

–¿Quiere decir que aún no lo ha denunciado?

–Me temo que su hermano no tendrá tanta suerte. La policía ya está al tanto del robo, y su hermano se enfrentará a las consecuencias de sus actos cuando lo encuentre, aunque usted puede mitigar el castigo que recibirá si me dice dónde está.

A Sage se le cortó el aliento.

–¿Quiere que lo ayude a meter a mi hermano entre rejas?

–Ha cometido un delito. ¿Es tan ingenua como para creer que sus actos no tendrán consecuencias? –le espetó él.

–¿Tiene alguna prueba de que le ha robado... lo que sea que dice que le ha robado?

–Se llevó cien mil dólares en efectivo, varias joyas por un valor total de otros cien mil dólares, y un recuerdo familiar que para mí no tiene precio.

A Sage no le pasó desapercibida la emoción en su voz al referirse a ese recuerdo familiar, y supo de inmediato que era eso lo que lo había llevado a cruzar el país para encontrarla.

—Lo siento, pero no puedo ayudarlo —respondió.

Pretendía alejarse calle abajo tras esas palabras, girar a la izquierda y entrar en la estación de metro para volver a Georgetown, el barrio donde compartía una vivienda de alquiler con otros bailarines, pero el modo amenazante en que la miró Christofides, como advirtiéndola de que reconsiderara su proceder, la mantuvo allí de pie, paralizada. No, se dijo, jamás traicionaría a Ben; jamás.

—Adiós, señor Christofides —le dijo con firmeza.

Durante unos segundos muy tensos, él permaneció en silencio.

—Buenas noches, señorita Woods —dijo finalmente.

No había inflexión alguna en su respuesta, nada que sugiriera que volverían a verse, pero, mientras se alejaba, sintió un cosquilleo en la nuca y tuvo el presentimiento de que no se daría tan fácilmente por vencido...

Ese presentimiento hizo que le costara conciliar el sueño durante las seis noches siguientes por más que tratara de tranquilizarse, repitiéndose que Christofides no tenía ningún poder sobre ella.

Y, sin embargo, había llamado a su hermano al móvil una y otra vez, dejándole un mensaje de voz tras otro hasta que el buzón se llenó, y tuvo que darse por vencida, al borde de las lágrimas de pura frustración.

Apenas conseguía dormir unas cuantas horas seguidas antes de tener que levantarse y prepararse para acudir a su trabajo de camarera en una cafetería. No había conseguido pasar la última audición de la compañía de danza, pero desde entonces había estado ensayando cinco horas extra a la semana, y estaría lista para volver a presentarse a las audiciones del mes siguiente. Tenía que estarlo, porque sus ahorros, de por sí escasos, se le iban en pagarse las comidas y su parte del desorbitado alquiler. Necesitaba esa plaza en la compañía.

No quería ni pensar qué haría si no lo conseguía. Volver a casa de sus padres no era una opción. Había cerrado esa puerta, y hasta que sus padres aceptaran sus decisiones, no retrocedería ni un paso.

Si se hubiese quedado en Virginia para ayudar a sus padres con el hotelito Bed&Breakfast que su familia había regentado durante generaciones, habría sido como rendirse y dejar que su espíritu se marchitara poco a poco.

En ese momento apareció Michael, su compañero de trabajo, que también era bailarín.

—Buenos días, preciosa. ¿Cómo hemos amanecido? —la saludó alegremente, colocándose tras la barra junto a ella—. Uf, vaya cara... —se quedó mirándola con el ceño fruncido—. ¿Estás bien?

Sage guardó su móvil en el bolsillo del delantal y esbozó una sonrisa.

—Claro —contestó ella—. Estoy perfectamente —añadió al ver que Michael la miraba con escepticismo.

—No sé si creérmelo, pero bueno, estoy seguro de que lo que voy a decirte te animará. ¡Te lo garantizo!

–Dispara. Soy toda oídos.

–¿Te acuerdas que nos dijeron que solo había tres plazas disponibles en la compañía para las audiciones del mes que viene?

El corazón de Sage palpitó con fuerza.

–Sí. ¿Y?

–Pues que según he oído... ¡ya no son tres, sino seis!

A Sage se le cortó el aliento.

–¿En serio? ¿Pero cómo puede ser?

–La compañía tiene un nuevo patrocinador.

Sage no quería hacerse esperanzas. No cuando tal vez solo fueran rumores.

–¿Estás seguro?

Michael se encogió de hombros.

–Bueno, hay mucho secretismo, pero la directora ha estado manteniendo reuniones a puerta cerrada durante los últimos dos días. Dicen que está dispuesta a hacer todos los cambios que sean necesarios con tal de complacer al nuevo patrocinador.

Sage frunció el ceño.

–Pero si son reuniones a puerta cerrada... ¿cómo puede haberse enterado nadie de eso?

Michael la miró algo dolido.

–Mi fuente es de fiar. Si dice que Hunter tiene a un nuevo patrocinador, me lo creo.

Ella suspiró.

–No es que dude de lo que me has contado, Michael. Es solo que ya hemos pasado por esto antes y...

–Sí, lo sé. Es verdad que la última vez que dijeron que había un nuevo patrocinador resultó que era mentira, pero esta vez la información viene directamente desde arriba.

Sage asintió, pero para sus adentros se mantuvo escéptica. Aun con seis plazas en vez de tres sus probabilidades seguían siendo escasas cuando eran veinte bailarines los que se las disputaban.

Esa tarde, después de acabar su turno en la cafetería, volvió a la Escuela de Artes Escénicas a ensayar y estuvo tres horas perfeccionando su coreografía de siete minutos antes de tomarse el primer descanso. Volvía a sentir ese ligero hormigueo en la muñeca, fruto de una antigua lesión, pero se esforzó por dominar la inquietud que la invadió.

«Si no eres capaz de enfrentarte a una competición de patio de colegio, ¿cómo esperas hacer realidad esa aspiración tan egoísta de subirte a un escenario?».

Apartó de su mente aquellas duras palabras de su padre y se recordó lo lejos que había llegado. Era lo bastante buena y ya tenía la muñeca mucho más fortalecida. De hecho, era gracias a Ben que se había repuesto de aquella lesión, porque era el único que había creído que podía conseguirlo.

Algo desesperada por volver a oír su voz, volvió a llamarlo al móvil, pero su buzón de voz seguía lleno. Y como tenía una hora libre de por medio hasta poder seguir con sus ensayos, se puso a buscar información en Internet sobre Christofides.

A sus treinta y tres años el tipo era más rico que Rockefeller. Y si a eso se le sumaba ese aire misterioso y lo apuesto que era, no era de extrañar que hubiese montones de artículos sobre él. A los veintiún años, tras licenciarse en Harvard con un título de Ciencias Empresariales, había desarrollado un plan de negocio con el que en solo dos años se había hecho multimillonario, pero antes de eso no había ninguna información sobre su vida, salvo por el rumor de que se había criado en uno de los suburbios más marginales y peligrosos de Nueva York. Eso explicaría esa rudeza que emanaba de él a pesar de la ropa de firma que vestía y de la elegancia felina de sus movimientos.

Esa enigmática combinación era sin duda lo que atraía a todas las mujeres hermosas que aparecían a su lado en las fotos, sonriéndole. Él, en cambio, siempre miraba a la cámara con la misma expresión imperturbable, como si no supiese sonreír.

Un vistazo rápido a su trayectoria empresarial mostraba que todos los proyectos que había emprendido los había empezado en solitario, sin socios ni colaboración de ningún tipo. Incluso lo afirmaba en una entrevista: «Prefiero tener todo el control. No me gusta compartir. Lo que es mío, es solo mío».

De hecho, decía mucho de su forma de ser que hubiese viajado desde la Costa Oeste en busca de su hermano, cuando podría haber dejado que se encargasen la policía o los servicios de seguridad que tenía contratados.

Al darse cuenta de que llevaba cinco minutos mirando una foto suya en la pantalla del móvil, contrajo el rostro irritada y cerró el navegador para volver a sus ensayos.

Cuatro horas después, exhausta, llegaba a la casa de alquiler compartida en la que vivía. Como era viernes y eran casi las diez de la noche, no había nadie. Los demás seguramente habrían salido por ahí a divertirse.

Fue a la cocina a prepararse un sándwich, y cuando se lo hubo terminado sacó de su mochila la mancuerna de dos kilos que llevaba siempre consigo. Estaba a la mitad de los ejercicios que hacía para fortalecer la muñeca, cuando empezó a sonar su móvil. Sobresaltada, se quedó mirando un instante el número en la pantalla antes de contestar.

−¿Diga?

−¿Señorita Woods? −preguntó una voz femenina en un tono circunspecto.

−¿Sí?

−Soy Melissa Hunter, la directora de la Compañía de Danza Hunter.

−Ah... hola.

−Le pido disculpas por llamarla tan tarde.

−No pasa nada −Sage se aclaró la garganta y dejó la mancuerna en el suelo para agarrarse al borde de la encimera−. ¿En qué puedo ayudarla? −inquirió con cautela.

−Tengo novedades que comentarle respecto a las audiciones que estaban previstas para el mes que viene.

La mano de Sage apretó con fuerza el borde de la encimera, y el corazón le dio un vuelco.

−Las circunstancias de la compañía han cambiado un poco, y hemos decidido adelantar las audiciones. Al martes que viene, para ser exactos. Los candidatos que pasen las pruebas conseguirán una plaza en la próxima producción de la compañía, que está prevista para septiembre. Sé que es muy poco tiempo para tomar una decisión, pero si aún quiere presentarse a las audiciones necesito que me dé una respuesta esta noche.

Sage, que no salía de su asombro, se quedó un momento con la mirada perdida antes de que su cerebro volviera a ponerse en funcionamiento.

–Pues... claro, por supuesto. Mi respuesta es sí. ¡A todo!

–Estupendo. Mi secretaria se pondrá en contacto con usted mañana por la mañana para darle todos los detalles.

–Gracias, señorita Hunter.

–No hay de qué. Ah, y antes de que cuelgue... debe saber que las audiciones tendrán lugar en el extranjero.

–Ah, eso no supone ningún problema –se apresuró a responder Sage.

–Bien. Mi secretaria le pedirá la documentación que necesitará para el viaje, así que asegúrese de tenerla preparada porque vamos muy justos de tiempo.

–Por supuesto. Y gracias de nuevo –murmuró Sage.

–Bien, la dejo. Tengo que ponerme en contacto con los demás candidatos. Buenas noches –le dijo la señorita Hunter abruptamente antes de colgar.

Sage se quedó mirando el móvil en su mano. Pasó un minuto antes de que fuera consciente de la enormidad de lo que acababa de ocurrir, pero la sonrisa que afloró a sus labios se disipó cuando se dio cuenta de que no tenía con quien celebrar la noticia.

Llamar a sus padres estaba completamente descartado porque no les interesaría en absoluto. Habían desdeñado su pasión por la danza con la misma falta de sensibilidad con que habían quitado importancia al acoso que había sufrido en el instituto.

Como no quería sucumbir a la desesperanza que

amenazaba con echar a perder ese momento de felicidad, volvió a tomar la mancuerna y terminó sus ejercicios. Ahora, más que nunca, no podía permitirse que
la más mínima duda resquebrajase su confianza en sí
misma.

Cuando Sage se despertó a la mañana siguiente,
aún algo amodorrada, se dijo que era su preocupación
por Ben lo que había hecho que esa noche soñase con
el magnate de ojos grises.

Aún estaba intentando convencerse a sí misma de
eso cuando volvió a sonar su móvil. Se abalanzó sobre él con la esperanza de que fuera Ben. No lo era,
pero recibió con agrado el tono amable de la secretaria de Melissa Hunter... hasta que se dio cuenta de lo
que estaba diciéndole.

—Perdón, ¿podría repetir eso último? —le pidió.

—He dicho que tendrá que meter en la maleta ropa
como para una semana, o quizá algo más. Y que se
lleve ropa fresca y protector solar. Aunque solo estamos a principios de mayo, tengo entendido que en
esta época del año hace bastante calor en la isla.

Sage parpadeó.

—¿Qué isla? —balbució.

—Disculpe, señorita Woods, pero el destino exacto
al que les llevamos es confidencial por razones de
publicidad. Lo único que necesitan saber usted y los
demás bailarines es que saldrán del aeropuerto de
Dulles el lunes por la tarde. De todo lo demás, inclui-
dos sus gastos, nos encargamos nosotros.

De pronto Sage se sintió algo inquieta.

–¿Esto tiene algo que ver con el nuevo patrocinador de la compañía?

La secretaria se quedó un momento en silencio antes de soltar una risita.

–Bueno, supongo que ya es un secreto a voces, ¿no? En fin, sí, la verdad es que sí –admitió con entusiasmo–. Si alguien le pregunta, no se lo he contado yo, pero este nuevo patrocinador se ha comprometido a una inversión con la que podremos hacer producciones durante los próximos cinco años. ¡Tres producciones al año como mínimo! ¿No es increíble? De haber sabido que las audiciones incluían viajes así, yo también habría estudiado danza en vez de estar aquí sentada, embarazada de ocho meses y sin poder moverme apenas.

Sage se rio, y respiró más tranquila ahora que una de sus preguntas había obtenido respuesta.

–Buena suerte con el bebé –le dijo–. Y gracias por contármelo.

–No hay de qué. Recuerde que pasarán a recogerla a la una en punto, así que no se retrase. ¡Y disfrute de la aventura!

Capítulo 4

Tres días después...

La tercera audición había terminado hacía veinte minutos y había ido bien. Lo había sabido incluso antes de recibir los elogios de los dos coreógrafos de Broadway que habían acompañado a Melissa Hunter a la isla griega de Yante en medio del mar Egeo.

La villa en la que se alojaban y donde se llevaban a cabo las audiones solo se le antojaba menos impresionante cuando la comparaba con la deslumbrante belleza de la isla. De hecho, a su llegada con los otros diecinueve aspirantes, había pensado que debía estar soñando.

Cada estancia, cada rincón de la inmensa villa, exhibía una impresionante mezcla entre la arquitectura clásica griega y la arquitectura moderna. Estatuas de mármol de dioses griegos rivalizaban con obras de arte contemporáneo, y las puestas de sol, que lo dejaban a uno sin aliento, competían con la estudiada iluminación de la villa, que la convertía en un lugar mágico al caer la noche.

Pero toda esa belleza pasó a un segundo plano cuando volvió a entrar en el salón donde se hacían las audiciones, y sus ojos se posaron en el patrocinador misterioso, que había estado ausente hasta entonces y ahora de repente estaba allí sentado, tras una mesa alargada, con la señorita Hunter y el resto del jurado. Al verlo se le cayó el alma a los pies.

Era Xandro Christofides. Sentado en el centro de la mesa, entre Melissa Hunter y los dos coreógrafos, como si fuera el amo y señor de todo lo que lo rodeaba, la miró de arriba abajo, y Sage deseó haberse puesto una camiseta encima del maillot y los leggings.

El vello de la nuca se le erizó cuando la inquietud que había sentido en Washington D.C. la invadió de nuevo. De pronto empezaba a darse cuenta de que había habido demasiadas coincidencias, que aquello era demasiado bonito para ser verdad, y ya no pudo ignorar el temor creciente de que estaba siendo manipulada. Todo apuntaba a que Xandro Christofides no estaba allí por casualidad.

El brillo burlón en sus ojos grises le dio a entender que sabía exactamente el efecto que tenía en ella su presencia. La había conducido hasta su trampa, y estaba disfrutando enormemente con aquello.

—¿Qué hace usted aquí? —le espetó Sage.

Melissa Hunter se levantó como un resorte, y su rostro se contrajo con disgusto.

—¡Señorita Woods! Voy a dar por hecho que me engaña la acústica de la sala, y que no acaba de preguntarle al señor Christofides de un modo de lo más grosero qué está haciendo aquí.

Sage apretó los labios para no increparlo de nuevo con otras preguntas que le quemaban la lengua.

—Lo... Lo...

–Disculpas aceptadas –la interrumpió Christofides en un tono hastiado. El brillo burlón en sus ojos, sin embargo, se acentuó.

Sage bajó la vista para no mirarlo furibunda, e inspiró para intentar tranquilizarse.

–Por los truenos que parece de repente que retumban de fondo, diría que se conocen, ¿no? –inquirió con ironía Leonard Smith, uno de los coreógrafos, tras un tenso minuto de silencio.

–Sí, podría decirse que sí –respondió Xandro.

Los coreógrafos y la señorita Hunter se miraron, y Melissa Hunter carraspeó.

–Bien, pues como ya sabe que el señor Christofides es nuestro nuevo patrocinador –le dijo–, no creo que sean necesarias más presentaciones ni...

–Aunque sí tenemos que decir –la cortó el señor Smith sin el menor pudor– que su última audición, señorita Woods, fue tan impresionante como las dos anteriores. A mí me pareció tan buena, de hecho, que casi me siento tentado de darle un papel en mi próxima...

–¿Podríamos centrarnos en el motivo por el que la señorita Woods está aquí? –lo increpó Christofides en un tono áspero que lo calló de inmediato–. Porque está aquí bajo el auspicio de la compañía de danza, y si se desviara del propósito de estas audiciones, no se permitirá que siga adelante con ellas. ¿No es así, señorita Hunter? –inquirió sin apartar los ojos de Sage.

Melissa Hunter frunció los labios y miró irritada al coreógrafo.

–Así es. Y por eso te agradecería, Leo, que no tentaras a mis bailarines con esa clase de ofertas antes de que acabe el proceso de selección.

–Vaya, ¡qué susceptible está hoy todo el mundo! –farfulló el señor Smith, antes de guiñar un ojo a Sage y sonreírle con descaro.

–Como estaba diciendo... –continuó la señorita Hunter– queríamos que todos supieran que el señor Christofides es ahora nuestro patrocinador y que además, desde esta mañana, es el accionista mayoritario de la compañía. Lo cual significa que aquellos de ustedes que resulten seleccionados, responderán no solo ante mí, sino también ante él.

Las pocas esperanzas que le quedaban a Sage de que aquello fuera solo una pesadilla, de la que se despertaría en cualquier momento, se evaporaron.

Pero su pasión por la danza era lo que la hacía levantarse cada mañana, y no iba a permitir que Christofides destruyese sus sueños. Aunque para ello tuviera que dar un paso atrás. Habría más audiciones. Inspiró y, dirigiéndose a la señorita Hunter, le dijo:

–Gracias por haberme dado esta oportunidad. De verdad que le estoy muy agradecida. Que tengan un buen día.

Y tras despedirse con un asentimiento de cabeza, se dio media vuelta para abandonar el salón.

–Señorita Woods... –la llamó con aspereza Melissa Hunter.

Sage apretó los dientes y se giró de nuevo.

–¿Sí?

–No había terminado. El señor Christofides y yo revisaremos esta tarde las cintas de las audiciones, y anunciaremos en la cena los nombres de los doce finalistas.

Llena de frustración, Sage le dio las gracias a la

señorita Hunter, miró a Christofides, y con una sonrisa forzada le espetó:

—Espero que encuentre lo que busca.

—Gracias. No tengo la menor duda de que lo haré
—respondió él.

Aunque hubiera sonado como una respuesta serena
y cordial, sus ojos daban a entender algo muy distinto: que no iba a dejarlo correr.

Cuando abandonó el salón, sabía que los demás
bailarines estarían esperándola en la sala de estar
donde solían reunirse tras las audiciones, impacientes
por saber qué le habían dicho. Sin embargo, en ese
momento no se sentía capaz de reunirse con ellos y
responder a sus preguntas. No cuando estaba convencida de que Christofides había orquestado cada una de
sus audiciones.

Subió directamente a su habitación y se puso a recoger sus cosas. Estaba metiendo la ropa en la maleta
cuando llamaron a la puerta. Contrajo el rostro, contuvo el aliento y no contestó, rogando por que quien
fuera pensase que no estaba allí y se marchara.

Pero al cabo de un rato volvieron a llamar, esta vez
con más fuerza. Suspiró con resignación y respondió:

—Adelante.

Al ver entrar a Xandro Christofides se le cortó el
aliento, y los labios del magnate se curvaron en una
sonrisa burlona y sensual.

—¿A qué ha venido? —le espetó—, ¿a regodearse?
Pues aproveche, porque no le honraré mucho más con
mi presencia.

—¿Va a algún sitio? —inquirió él en un tono gélido.

Sage soltó una risa áspera.

–Por supuesto que me voy. ¿Acaso esperaba que me quedara? –le espetó–. Pero le felicito –añadió–. Me imaginé que tramaba algo, pero nunca pensé que sería capaz de algo así.

–¿A qué se refiere con «algo así»?

Sage le lanzó una miró furibunda.

–¿Va a negar que me ha manipulado para hacerme venir aquí? ¿Que no pretendía tentarme con una plaza en la compañía y divertirse viendo cómo me mataba para conseguirla, para luego arrancarme ese sueño de un plumazo? Pues no, no voy a quedarme para darle ese gusto. Detesto que me controlen, señor Christofides, así que sí, me marcho. Ahora mismo.

Él apenas se inmutó ante sus acusaciones.

–Aún no ha conseguido la plaza. Pero si insiste en marcharse antes de que terminen las audiciones, allá usted. Bastará con que me entregue el cheque antes de irse.

Sage se tensó.

–¿Qué cheque?

–El acuerdo de confidencialidad que firmó incluía una cláusula por la cual aceptaba que, si decidía retirarse del proceso de selección antes de que finalizara, tendría que abonar los gastos del viaje y el alojamiento. Si quiere puedo hacer que le calculen ahora mismo el total del billete de avión en primera clase, las comidas y el coste por el alojamiento de estos tres días.

A Sage se le encogió el estómago.

–¿No lo dirá en serio?

–Nunca bromeo sobre la letra pequeña, señorita Woods, se lo aseguro.

—Pero no puedo devolverle todo ese dinero... No tengo tanto dinero... —murmuró ella, y la asaltó la sospecha de que él lo sabía.

—Entonces quizá debería replantearse esas decisiones apresuradas que pretendía tomar, ¿no cree?

Sage apretó los labios.

—¿Para qué? ¿Para que pueda seguir jugando conmigo? ¿Para demostrarme quién manda? ¿O es ahora cuando aprovecha para presionarme un poco más para que le diga dónde está mi hermano?

—No, ahora es cuando usted deja esta pataleta, deshace esa maleta y vuelve abajo, a esperar la decisión del jurado, igual que los otros bailarines.

—Solo que los dos sabemos que, por sus tejemanejes, para el jurado yo no soy como ellos —replicó Sage.

—No, es verdad. Aunque todo el mundo tiene derecho a creerse especial, ¿no le parece?

—Yo no me creo especial. Pero sé lo bastante sobre usted como para cuestionar sus intenciones en lo que a mí respecta. ¿Puede mirarme a los ojos y decirme que nuestro encuentro de hace dos semanas no tiene nada que ver con mi presencia aquí?

—Pues claro que tuvo que ver. A raíz de ese encuentro decidí invertir en la compañía de danza. Una inversión que espero que dé sus frutos.

—Y esa inversión... ¿se le ocurrió así, por casualidad? —le espetó con sorna.

Christofides apretó la mandíbula.

—No, señorita Woods. Nada que merezca la pena ocurre por casualidad. No sería un buen empresario si no fuera capaz de reconocer una buena oportunidad cuando se presenta. La compañía Hunter tiene el potencial necesario para convertirse en una gran inversión si se marca el rumbo adecuado.

–Ya. O sea que esto no tiene nada que ver conmigo, ¿verdad? –insistió ella.

–No tengo por costumbre invertir millones de dólares en una compañía por un capricho. Interprételo como quiera –dijo él antes de alejarse hacia la puerta. Con una mano ya en el picaporte, se volvió hacia ella–. Si sigue pensando en marcharse hoy, tendrá que hacérselo saber al ama de llaves antes de una hora. Así tendremos tiempo para preparar la factura con la suma que debe –añadió, y salió, cerrando tras de sí.

Con menos de mil dólares en su cuenta, difícilmente podría afrontar esos gastos. Sage volvió a colocar la ropa en las perchas y estanterías del vestidor, guardó otra vez la maleta y se sentó desanimada en la cama.

Pasó un buen rato allí sentada, dándole vueltas al asunto, cuando una criada llamó a su puerta para anunciarle que se había dispuesto un bufé en el patio para el almuerzo.

Mientras bajaba las escaleras con pesadez, Sage se dio cuenta de que Christofides no le había revelado qué destino le deparaba. Igual que tampoco había llegado a decirle por qué había subido a su habitación.

Horas después descubriría que pretendía seguir con sus crueles jueguecitos, cuando al final de la cena Melissa Hunter le dejó entrever aquel sueño que durante tanto tiempo había acariciado, y del que ya solo la separaba una última audición.

–Está entre los doce finalistas, señorita Woods. Un paso más y podría ser parte de la compañía. Enhorabuena –anunció la directora, levantando su copa para brindar por ella cuando les hubieron retirado los platos.

Sage se obligó a responder a las felicitaciones de los demás, a asentir, y sonreír. Sin embargo, no pudo evitar que la asaltara un mal presentimiento. Tenía la sensación de que aquello iba a ser la peor de las pesadillas, porque Xandro Christofides era quien controlaba el timón.

Capítulo 5

ERA UNA buena actriz. Eso tenía que reconocérselo. Sus sonrisas cuando aceptó los buenos deseos de sus compañeros parecían auténticas. Pero Xandro había visto la aprensión dibujarse en su rostro al oír su nombre entre los de los finalistas. También atisbó un breve destello de tristeza en sus ojos. Probablemente por la ausencia de alguien con quien habría querido poder celebrarlo. No hacía falta pensar mucho para imaginar a quién echaba en falta: su hermano.

Tomó un sorbo de vino y sus ojos se encontraron con los de Sage, que estaba de pie, unas sillas más allá, junto a la larga mesa del comedor. Llevaba un vestido largo, de color verde oscuro, que resaltaba sus elegantes hombros y brazos y sus torneadas piernas.

La observó en silencio mientras felicitaba a aquellos de sus compañeros que también habían resultado finalistas. Uno de ellos agarró una botella de champán, le pasó un brazo por los hombros a Sage y la atrajo hacia sí.

–¿No tienen la siguiente audición mañana temprano? –inquirió Xandro a los bailarines, haciendo un esfuerzo por apartar la vista. Lo irritaba ver la mano de ese tipo colgando tan cerca del pecho de Sage.

Todos giraron la cabeza hacia él y las conversaciones se acallaron.

–Sí. A partir de las ocho –respondió una chica en el extremo más alejado de la mesa.

Xandro volvió a fijar la vista en Sage y en aquel tipo que seguía con el brazo apoyado en sus hombros.

–Pues quizá deberían beber un poco menos, ¿no? –sugirió Xandro–. Además, ¿no les parece descortés estar celebrando su éxito delante de los compañeros que no han tenido la suerte de ser elegidos para pasar a la última fase?

La mesa se quedó en silencio y algunos carraspearon.

–En esta compañía celebramos juntos nuestras victorias y nos consolamos en las derrotas –dijo Melissa–. Estoy segura de que estará de acuerdo en que en este negocio, como en cualquier otro, es esencial aprender a sobrellevar los reveses. Aquí no hay sitio para los egos delicados y los espíritus débiles.

–Por supuesto. Pero creo que hay más elegancia y dignidad en saberse vencedor sin sentir la necesidad de restregárselo en las narices a los demás, ¿no?

–Muy cierto –dijo el coreógrafo inglés. Apuró su whisky de un trago y se levantó–. Con esas sabias palabras, me retiro. Felicidades de nuevo, querida –dijo acercándose a Sage para besarla en ambas mejillas.

La marcha del coreógrafo provocó un éxodo apresurado de los otros bailarines que no habían sido seleccionados.

–Yo también me voy a la cama –dijo Sage–. Buenas noches.

Melissa le había dicho a Xandro que quería hablar con él después de la cena. En realidad era evidente que tenía en mente más que eso, pero él no estaba interesado en tener con ella nada más allá de una relación estrictamente profesional.

Por eso, cuando detrás de Sage se marchó también el bailarín que tantas confianzas se tomaba con ella, y llevándose la botella de champán además, Xandro se levantó y salió a su vez del comedor con un seco «buenas noches» a Melissa, que lo siguió con la mirada, decepcionada y contrariada, mientras se alejaba.

Al llegar al pie de la escalera, Xandro se detuvo, algo preocupado por las intenciones que lo habían llevado a abandonar el comedor. ¿Por qué lo había hecho? La siguiente fase de su plan ya estaba en marcha; solo tenía que sentarse y dejar que las cosas siguieran su curso.

Sin embargo, la idea de quedarse sentado y esperar no hacía sino ponerlo de peor humor. Comenzó a subir las escaleras, y se detuvo de nuevo al oír unos pasos en el pasillo que conducía al ala este. Volvió a bajar los escalones que había subido, fue en esa dirección, y al poco olió en el aire el perfume de Sage. La encontró saliendo de la cocina con un botellín de agua en la mano. Al verlo, se paró en seco y lo miró recelosa.

–Es evidente que ha venido hasta aquí buscándome –observó–. ¿Va a decir algo, o va a quedarse mirándome?

Xandro se metió las manos en los bolsillos y apretó los dientes.

–¿No le ha dicho nadie que debería controlar esa lengua?

Avanzó lentamente hacia ella. Cuanto más se acercaba, más seductor le resultaba el aroma de su perfume, una mezcla de lilas y rosas. Sus ojos descendieron por el elegante cuello hasta el valle entre sus senos, y luego a las muñecas, preguntándose en cuáles de esos puntos se habría aplicado el perfume.

–Dígame dónde está su hermano.

Su abrupta pregunta hizo que Sage diera un respingo, y aquel movimiento atrajo la atención de Xandro a su pelo rojizo, que llevaba recogido en su habitual moño. Lo asaltó el impulso de liberar su cabello, de ver cómo era de largo, y averiguar si era tan sedoso como parecía.

–Ya se lo he dicho: no lo sé. Y por más que intente manipularme, no le daré una respuesta distinta.

Xandro dio un paso más hacia ella.

–No la creo. Si no recuerdo mal, me dijo que no me diría dónde estaba aunque lo supiera.

Sage le sostuvo la mirada.

–Eso fue porque... estaba molesta con usted.

–¿En serio? ¿Por qué?

–Ya sabe por qué. Porque se estaba mostrando tan controlador como en este momento.

–Continúe, no se corte.

Sage frunció los labios.

–¿Disfruta haciendo sentir incómodos a los demás, señor Christofides? –le preguntó.

–Me gusta decir las verdades a la cara, y que cuando hago un pregunta me respondan con la verdad. ¿La hago sentir incómoda?

Ella apretó los labios, y Xandro no pudo evitar fijarse una vez más en lo sensuales y carnosos que eran.

–En absoluto. Aunque no creo que pueda decirse lo mismo de todos los que estaban en el comedor hace diez minutos.

–¿Le parece reprochable lo que dije?

Sage parpadeó y bajó la vista.

–No exactamente. Pero sí me parece que podía haber sido un poco menos moralista. Hizo que la mitad de los que estábamos allí se sintieran cohibidos por no haber pasado la audición, y la otra mitad culpables por haberla pasado.

–Siempre digo lo que pienso; no le veo sentido a suavizar las palabras para no incomodar. Lo cual me lleva a mi siguiente pregunta: ¿se acuesta con él?

Sage abrió mucho los ojos.

–¿Con quién?

–Matt... Mark... Ese bailarín –respondió él con un ademán desdeñoso.

Sage enarcó las cejas.

–¿Michael?

–Como se llame. ¿Se acuesta con él? –insistió Xandro.

Ella resopló ofendida.

–¿Acaso es asunto suyo?

–Una relación de ese tipo entre dos miembros de la compañía podría alterar la dinámica de grupo, así que sí, es asunto mío. Responda a la pregunta, señorita Woods.

–¿O qué?

–O le sacaré a él la respuesta.

Mientras esperaba a que contestara, la irritación de Xandro, lejos de disiparse, aumentó.

—No, no me acuesto con él. Solo es un amigo.

—¿Y deja a todos sus amigos que la toquen de esa manera? ¿O solo a aquellos que creen que tienen posibilidades de llegar a meterse en su cama?

Sage frunció el ceño.

—Toda esta conversación es absurda. Y si de verdad le preocupa la dinámica de grupo, le aseguro que, cuando se me exige que dé el cien por cien de mí, lo hago.

—Eso es encomiable, pero una relación implica a dos personas. Y si iniciase una relación de esa naturaleza con otro miembro de la compañía, ¿cómo evitaría los efectos adversos que podría tener su ruptura en el rendimiento de la otra persona cuando la relación terminase? Porque a ustedes los bailarines no se les conoce precisamente por su temperamento equilibrado, ¿no es cierto?

—¿Qué es lo que quiere?, ¿que le diga que no tengo intención de empezar una relación con ninguno de mis compañeros ni ahora, ni en un futuro próximo?

Xandro se quedó mirándola hasta que, consumido por la necesidad de exigirle precisamente eso, se encontró encogiéndose de hombros. Ella lo miró boquiabierta antes de recobrar la compostura.

—¿Va en serio?

—Si entra a formar parte de la compañía, será un sacrificio que tendrá que plantearse.

Quizá debería darle instrucciones a Melissa para que añadiera una cláusula con esa condición al contrato.

Sage sacudió la cabeza.

—No puedo creer que esté teniendo esta conversación con usted. Ni siquiera han terminado las audiciones. Y los dos sabemos que si usted así lo decide, no pasaré la última audición, así que... ¿qué más le da con quién me acueste?

—Se equivoca. El proceso de selección no depende de mí. Melissa es quien tiene todo el control sobre quiénes serán los escogidos. Su destino está enteramente en sus manos.

Había un escepticismo palpable en los ojos de ella.

—Venga ya... ¿Va a decirme que se ha convertido en el accionista mayoritario de la compañía para quedarse a un lado y mantenerse al margen de las decisiones? ¿Usted, que en una entrevista dijo que en lo que respecta a los negocios, prefiere tener siempre el control absoluto?

Xandro sintió cierta satisfacción al saber que había estado investigando acerca de él, y casi lo divirtió verla sonrojarse cuando enarcó una ceja.

—¿Ha estado buscando información sobre mí? —inquirió.

Ella se puso aún más colorada.

—Me preparé por si se negaba a dejarme tranquila.

—Ya. Pues, en respuesta a su pregunta, mi éxito en los negocios se debe a que sé ceder el control a aquellos que en ciertos ámbitos tienen más experiencia que yo. Y si me he convertido en accionista de la compañía, es porque espero que me dará beneficios, pase usted o no la última audición. No tengo nada contra usted —le aseguró él—. Pero hasta que no coopere conmigo para que pueda encontrar a su hermano, pretendo recurrir a todos los mecanismos a mi disposición para conseguirlo —hizo una pausa al ver que Sage estaba frotándose la muñeca derecha–. ¿Qué le ocurre? ¿Le duele?

Ella se tensó y bajó la vista, como sorprendida, y dejó de masajearse de inmediato la muñeca.

–No me ocurre nada. Nada de nada.

Que lo negara con tanta rotundidad no hizo sino hacerle sospechar que sí le ocurría algo, pero antes de que pudiera insistir, Sage volvió a hablar.

–¿Hemos terminado? ¿Puedo irme ya?

–¿Dónde está su hermano, señorita Woods?

Sage apretó la botella de agua que tenía en la mano.

–Por última vez: no sé dónde está. He intentado ponerme en contacto con él, pero no me ha devuelto las llamadas. Cuando intento dejarle un mensaje me salta un aviso de que tiene lleno el buzón de voz. Y otras veces directamente tiene el móvil desconectado.

–Pero debe tener alguna idea de qué lugares suele frecuentar. Los sitios donde podría esconderse.

–No, no lo sé. Y no tengo nada más que decir. Buenas noches.

Lo rodeó, y Xandro dejó que se alejara unos pasos antes de llamarla.

–Cada día que pasa sin que recupere lo que me robó su hermano, se me agota un poco más la paciencia, señorita Woods. Debería poner de su parte. Consúltelo con la almohada.

La espalda de la joven se tensó, pero no se detuvo, ni respondió en modo alguno a su advertencia.

Xandro la siguió con la mirada hasta que la perdió de vista. Por motivos en los que no quería ahondar demasiado, se sentía atraído por Sage Woods. Lo cual era una locura, teniendo en cuenta que detestaba a los mentirosos casi tanto como a los ladrones. Las mentiras habían hecho sufrir mucho a su familia, y la mayor culpa recaía en el hombre cuya sangre corría por sus venas.

Capítulo 6

MIENTRAS hacía sus estiramientos antes de la última audición, Sage intentó ahogar el recuerdo de la profunda y sensual voz de Xandro Christofides. Necesitaba clavar esa audición, y bastante tenía ya con lidiar con los nervios que le atenazaban el estómago.

La puerta del salón de baile se abrió y salió la compañera que acababa de hacer la prueba.

–Te toca, Sage –dijo señalando tras de sí con el pulgar.

Michael le deseó suerte y, tras inspirar profundamente, Sage entró en el salón, donde esperaban Melissa y los coreógrafos. Advirtió de inmediato la ausencia de Christofides, y eso rebajó un poco su tensión.

–Cuando quiera, señorita Woods –le dijo Melissa–. Use bien el tiempo del que dispone.

Sage buscó en su MP4 la pista de música que iba a utilizar, y lo colocó en la base conectada a un altavoz que se ponía a su disposición para la prueba.

Inspiró lentamente para serenarse y llenar de oxígeno sus pulmones. Se olvidó por completo de Christofides. Hasta se le olvidaron las ligeras molestias de la muñeca con que se había levantado cuando se dejó llevar por los acordes de la opereta de Vivaldi que inundaron el salón, haciéndola sentir tan viva como la primera vez que había asistido a la clase de danza de la señora Krasinky en el instituto.

Sus padres la habían tachado de melodramática cuando les había dicho que bailar era lo único que hacía que quisiera levantarse cada mañana. Abandonar la danza habría sido dejar que ganaran la partida las chicas que la habían acosado.

Ben la había apoyado. La había animado a cultivar ese talento y la había protegido, como un sólido muro, de la creciente presión de sus padres. Pero, aun así, ellos habían continuado atacándola, y más de una de sus pullas habían hecho mella en su ánimo: «Las bailarinas nacen, no se hacen»; «si de verdad tuvieras talento, no tendrías que practicar tantas horas»; «el día que se te pase este capricho, te arrepentirás de no haber cumplido con las responsabilidades que tenías para con tu familia»; «no esperes que te recibamos con los brazos abiertos cuando quieras volver».

Le dolía muchísimo que sus padres siguieran pensando que su pasión no era más que un capricho pasajero, a pesar de que llevaba años dedicándose en cuerpo y alma a la danza. Y su comportamiento cuando más los había necesitado le había causado aún más angustia porque la había obligado a tomar una dolorosa decisión: alejarse de ellos. Pero lo había hecho creyendo que era mejor marcharse que quedarse en Virginia y dejar que el rencor la consumiera.

Cuando terminó la coreografía una ligera capa de sudor le cubría la piel y le faltaba el aliento, pero pasara o no la audición, la libertad y la felicidad que sentía cuando bailaba ya había hecho que mereciera la pena.

—Bravo, señorita Woods –la aplaudió Leonard Smith–. En el caso improbable de que Melissa decida no contar con usted, lo cual sería una locura por su parte... recuerde que mi oferta sigue en pie.

—Leonard, está empezando a agotárseme la paciencia –le advirtió Melissa.

Él hizo un ademán desdeñoso y sonrió a Sage, que le devolvió la sonrisa, aunque se dijo que era mejor no hacerse ilusiones. Ya había pasado antes por situaciones parecidas, de promesas y ofertas que al final quedaban en nada.

—Puede irse, señorita Woods –dijo Melissa.

—Y le prometemos que no la mantendremos en suspense mucho tiempo –dijo el coreógrafo inglés, ganándose una mirada furibunda de Melissa.

Sage se reunió con el resto del grupo en el patio, donde se había servido el desayuno, y estaba acabándose una tostada con huevos revueltos cuando apareció un sirviente para informarles de que Melissa quería verlos. Las miradas de unos y otros se cruzaron con una mezcla de esperanza y preocupación, y se aprestaron a volver al salón de baile para colocarse frente a Melissa y los coreógrafos, que les hicieron esperar un minuto más mientras cuchicheaban entre ellos.

Al cabo Melissa se inclinó hacia delante y los miró a todos antes de aclararse la garganta.

—Ya hemos decidido quiénes de ustedes serán los seis que a partir de ahora formarán parte de la compañía –les anunció, y entrelazó las manos para leer los nombres de los elegidos.

Igual que la noche anterior, al oír su nombre, a Sage la sacudió una mezcla de euforia, incredulidad y pavor. Lo había conseguido... Había hecho realidad el sueño por el que había estado empleándose al máximo durante los últimos tres años. Sin embargo, la ansiedad que sentía en la boca del estómago no se disipó, y el origen de sus temores entraba en el salón poco después.

Esa mañana Christofides iba vestido de un modo informal, pero no por ello resultaba menos intimidante, ni tampoco menos cautivador. No eran solo esos hombros tan anchos, sus marcados rasgos y ese perfil casi regio; es que aquel hombre tenía el porte de un dios del Olimpo.

Contrajo el rostro, irritada consigo misma por esos pensamientos, y posó su mirada en Melissa, que sonrió a Christofides cuando ocupó el asiento libre a su lado.

Sage estaba segura de que el amargor que sentía de repente en la boca se debía a los nervios y a lo aturdida que estaba aún por haber pasado la audición, y no a los celos, como sugería una vocecilla en su mente.

—Permítanme que les felicite yo también, y que les dé la bienvenida a la compañía —les dijo Christofides. Paseó la mirada por el grupo de bailarines, pero a ella la ignoró como si no existiera, como si su tensa conversación de la noche anterior no hubiera tenido lugar—. Tengo otros asuntos de los que debo ocuparme esta mañana, pero creo que debemos celebrarlo como es debido. Melissa les dará más detalles. Solo me resta decirle que les exigiremos una entrega total en los proyectos en los que participarán en el futuro, y que tienen mi palabra de que sus esfuerzos serán ampliamente recompensados –miró a Melissa, que se irguió vanidosa, y se levantó–. Espero volver a verles muy pronto –se despidió. Y abandonó el salón, ignorando a Sage de nuevo.

Melissa se echó hacia atrás en su asiento y jugueteó con las puntas de su pelo rubio.

–Bueno, antes de que la curiosidad los devore, la celebración a la que Xan... el señor Christofides se refería tendrá lugar en su hotel de Las Vegas dentro de tres semanas. Va a organizar una fiesta para todos los miembros de la compañía, y se espera que asistan todos. Los ensayos para los próximos proyectos no empezarán hasta dentro de un mes, pero hasta entonces se les proporcionarán coreografías detalladas para que las vayan ensayando por su cuenta. Y eso es todo. Hagan las maletas porque salimos para el aeropuerto después del almuerzo.

Con el subidón de adrenalina por la buena noticia que acababan de recibir, los bailarines empezaron a hablar entre ellos. Sage se obligó a unirse a las conversaciones de unos y otros, y debió disimular bien, porque nadie notó que estaba rara, y logró excusarse y subir a su habitación con la promesa de que se reuniría con ellos a la hora del almuerzo.

Pero cuando se desvistió y se metió en la ducha, la sonrisa que había mantenido hasta ese momento se desvaneció y los ojos se le llenaron de lágrimas. Haber conseguido una plaza en la compañía de danza era su mayor logro hasta la fecha, pero no tenía a nadie con quien compartir su alegría. Su hermano, el único que había creído en ella, seguía sin dar señales de vida, y teniendo como tenía el buzón de voz lleno, ni siquiera podía dejarle un mensaje para darle la buena noticia.

Las lágrimas, ardientes y amargas, rodaron por sus mejillas mientras el chorro de la ducha caía sobre ella, pero solo se permitió desahogarse un momento antes de enjugarlas furiosa con la mano. Había abandonado Virginia porque no estaba dispuesta a que sus padres controlaran el resto de su vida, y por mucho que le doliera sentirse sola en ese momento, nada iba a impedir que viviese su sueño.

Helena, la afable y eficiente ama de llaves, fue la primera persona con quien se encontró al bajar las escaleras para almorzar. La mujer le sonrió, y miró la maleta que Sage llevaba en la mano, antes de indicarle que la siguiera al comedor.

Sage frunció el ceño, preguntándose por qué no la conducía al patio, donde Melissa les había dicho que iban a almorzar, pero descubrió el motivo cuando entraron en el comedor y vio a Xandro Christofides sentado a la cabecera de la mesa... que estaba dispuesta solo para dos.

Christofides se levantó y le ordenó algo en griego a un joven sirviente que se acercó a ella y extendió su mano.

—Dele a Stavros su maleta —le dijo Christofides.

—¿Por qué? —inquirió ella suspicaz.

—Para que se siente y almuerce. A menos que pretenda comer con una sola mano —apuntó él burlón.

Sage frunció los labios, pero no le quedó más remedio que hacer lo que le decía. Stavros salió del comedor cerrando tras de sí, y Sage fue hasta la mesa.

–¿Por qué no puedo almorzar en el patio, con los demás? –preguntó.

–Porque necesito que hablemos a solas. Y porque los demás han abandonado la isla hace diez minutos para tomar un avión de regreso a Estados Unidos. Cambio de planes.

Sage, que estaba sentándose, volvió a levantarse como un resorte.

–¿Qué? ¡No puede ser! –exclamó angustiada. Corrió a la ventana más cercana. Hacía un rato, estando en su habitación, le había parecido oír el motor de una lancha, pero en ese momento no se veía ninguna embarcación, y el embarcadero estaba vacío. Se volvió hacia Christofides–. ¡No puede hacer esto! Quiero salir de esta isla. Ahora mismo –le exigió con voz trémula.

–Se irá, tan pronto como hayamos hablado.

Sage volvió a la mesa. El temor que había logrado mantener a raya hasta ese momento le atenazaba de pronto el estómago, y sintió que la ira se apoderaba de ella. No estaba dispuesta a entrar en su juego.

–Ya se lo he dicho: no sé dónde está mi hermano.

Él se quedó mirándola un instante antes de asentir y levantarse.

–Acepto su palabra. Y no la interrogaré más sobre su paradero.

A Sage el corazón le dio un vuelco.

–¿Es que ha dado con él?

–No, no lo he encontrado. Siéntese –la instó él.

Sage tomó asiento y aceptó el vaso de agua que Christofides le sirvió.

–Conseguimos retomar brevemente la pista a su

hermano –le informó–. Compró un billete de avión en primera clase a Singapur.

Sage frunció el ceño.

–¿Singapur? No conoce a nadie allí.

Aunque Christofides se encogió de hombros de un modo casual, sus facciones estaban muy tensas, como si estuviera manteniendo la calma a duras penas.

–Es igual. Mis hombres han vuelto a perderle la pista.

Sage sintió una punzada de angustia en el estómago.

–¿Por qué me cuenta esto? ¿Y por qué me retiene aquí? No puedo decirle cuál será el próximo paso de mi hermano en su huida porque no lo sé.

En ese momento entró una criada que traía una fuente de ensalada y una bandeja con aperitivos. Christofides se echó hacia atrás en su silla y tomó un sorbo de vino blanco mientras la criada les servía la comida en sus platos.

–Coma, señorita Woods –le dijo Christofides cuando la criada se hubo retirado.

Sage bajó la vista a su plato. La comida tenía un aspecto tan delicioso, que la habría devorado con gusto si no tuviese el estómago encogido por el temor.

–¿Cree que puedo tener apetito después de lo que acaba de hacer? –le espetó.

–Lo único que he hecho ha sido retrasar su marcha.

–Y lo ha hecho sin decirme nada. Detesto que me manipulen, señor Christofides. Puede que esté acostumbrado a que los demás hagan lo que les ordena, pero yo no pienso bailar al son que me toque. Y más cuando me ha retenido aquí, sabiendo que no puedo abandonar esta maldita isla a menos que sea a nado.

—No tendrá que llegar a ese extremo... a menos que insista en su empecinamiento. Además, olvida que le advertí que estoy dispuesto a recurrir a todos los mecanismos de los que dispongo para conseguir lo que quiero. Este es solo uno de ellos —le dijo Christofides—. Y ahora le agradecería que comiera algo mientras mantenemos una conversación civilizada. Tiene unas cuantas semanas difíciles por delante.

Sage no sabía si con eso de que iban a ser «difíciles» se refería a lo profesional o a lo personal. Lo único que le impedía explotar era que sabía que sin su ayuda no podría salir de aquella isla. Así que se obligó a tomar unos cuantos bocados y dejó los cubiertos sobre el plato.

—Explíqueme de qué va todo esto —le exigió.

Christofides removió el vino en su copa, y observó el líquido dorado unos segundos antes de alzar la vista hacia ella.

—La he retenido aquí porque, según he averiguado por los registros de sus llamadas, falta poco para que su hermano se ponga en contacto con usted, como parece que hace una vez al mes. Cuando lo haga, necesito que le convenza de que lo mejor para él sería que volviera a los Estados Unidos para resolver este asunto.

Sage apretó los puños.

—No ha contestado a los mensajes que le he dejado, ni a ninguno de mis e-mails. ¿Qué le hace pensar que me llamará?

Él bajó un momento la vista antes de levantarse de la mesa.

–Porque esta misma mañana he remitido un comunicado a la prensa acerca de mi nuevo negocio con la compañía de danza. También he revelado los nombres de algunos de los nuevos miembros, entre los que está usted, claro está. Tengo entendido que su hermano siempre ha mostrado mucho interés por su carrera, ¿no es así?

Sage asintió. De nada le serviría negarlo cuando era evidente que Christofides sabía lo suficiente acerca de ella como para saber que Ben y ella estaban muy unidos.

–Así que le ha hecho saber al mundo entero que ha comprado una compañía de danza y que yo me encuentro entre los nuevos miembros.

–Su nombre aparece al principio de la lista. Y lo he adornado un poco para llamar la atención de su hermano.

–¿A qué se refiere?

Christofides se encogió de hombros.

–Digamos que, si me odia tanto como creo, la idea de que sea usted mía no le sentará demasiado bien.

Un gemido ahogado escapó de los labios de Sage.

–¿La idea de que yo sea suya? ¿De qué diablos está hablando?

–Cuando su hermano lea los periódicos, sabrá que usted es la principal razón por la que compré la compañía. Sabrá que he asistido a sus audiciones, y que ahora mismo está a solas conmigo en esta isla. El resto lo he dejado a su imaginación.

–¿Qué se supone que significa eso?

–Usted lo conoce mejor que yo. ¿Cómo cree que se tomará la idea de que haya algo entre nosotros y de que pretendo hacerla mía... si es que no lo he hecho ya?

No era difícil imaginar cómo reaccionaría Ben ante algo así. A su hermano, que siempre había sido muy sobreprotector con ella, se le revolvería el estómago, porque Christofides encarnaba todo aquello contra lo que siempre había luchado.

—Es lo que pretendía desde el principio, ¿no? ¿Utilizarme para hacer saltar a mi hermano?

—Era mi plan alternativo, sí. ¿Le parece bien?

—Por supuesto que no. No dejaré que me intimide, obligándome a hacer lo que usted quiere.

Christofides fue hasta la ventana y se quedó de espaldas a ella hasta que el tenso silencio hizo que Sage se levantara también.

—¿Me ha oído?

Él se volvió lentamente, y un escalofrío recorrió la espalda de Sage al ver la expresión implacable en su rostro.

—Sí, la he oído. Y ahora es cuando yo juego sucio, señorita Woods. Sé que hace mucho que no habla con sus padres, así que permítame que la ponga al corriente de cómo les ha ido este último año: han tomado algunas decisiones empresariales poco afortunadas que no les han hecho mucho bien. Resumiendo le diré que están atravesando serios apuros económicos, y que el prestamista sin escrúpulos con el que se han endeudado ha llegado al límite de su paciencia. Seré yo quien decida si el pago de esa deuda debe ejecutarse o ser renegociado, y eso depende enteramente de usted. A menos que acceda a ayudarme, no solo acabará su hermano en prisión, sino que sus padres también perderán su apreciado estilo de vida y su estatus en ese encantador pueblecito al que tanto apego tienen cuando se encuentren en bancarrota. Así que... ¿qué decide?

Capítulo 7

UNA AVALANCHA de emociones se desató dentro de Sage: incredulidad, espanto, ira... Sus padres vivían por y para Havenwoods, el hotelito situado en el pueblo del mismo nombre en la zona rural de Virginia, y que había pertenecido durante generaciones a su familia paterna. Sus padres habían vivido siempre por y para el negocio. De hecho, había habido veces, en los momentos más oscuros de su adolescencia, en que se había preguntado si se darían cuenta siquiera si ella desapareciera de sus vidas.

Sabía que Ben había sentido lo mismo, y en parte había sido por eso por lo que se había alistado en el ejercito a los veintiún años. Y, como con ella, sus padres habían pensado que no era más que un capricho pasajero de su hermano. Más adelante, cuando les dejó claras sus intenciones al presentarse voluntario para una misión en Oriente Medio, le habían dado un ultimátum, igual que a ella: «si te vas, te desheredaremos». Ben no había cedido a su chantaje.

Había sido entonces cuando sus padres habían empezado a presionarla a ella para que se plegara a su voluntad. Diez años atrás habían adquirido otros cuatro hotelitos Bed&Breakfast y habían preparado un plan a largo plazo en el que la incluían a ella como futura gestora del negocio.

Sin embargo, dudaba que sus padres se hubiesen dejado llevar por la ambición hasta el punto de caer en las garras de un prestamista sin escrúpulos.

–Se equivoca. Mis padres no harían nunca algo así.

–Le aseguro que es verdad. Hace dieciocho meses que adquirieron un socio, un inconformista que les convenció de que se gastaran una suma que no se podían permitir gastar, teniendo en cuenta que el negocio ya iba renqueando. Les propuso llevar a cabo una reforma total de Havenwoods y de sus otros hotelitos con materiales más propios de una cadena de hoteles de cinco estrellas. Y hacer una campaña publicitaria a lo grande. La clásica trampa en la que uno puede caer cuando intenta abarcar demasiado y con prisas. Probablemente podrían haberlo hecho si se hubiesen planteado hacerlo en varios años en vez de en unos meses. Por eso, en los últimos tres meses se han visto obligados a negociar una segunda hipoteca sobre su casa para mantenerse a flote. Si no me cree, llámeles y pregúnteles.

Aunque les llamara, sus padres no lo admitirían. No cuando pensaban que lo que debería hacer era pedirles disculpas por haberles fallado, y no al revés.

–¿Por qué hace todo esto? ¿Qué se llevó mi hermano, que tanto le importa, para haberle llevado a hacer algo así? No se trata solo de joyas y dinero, ¿no es así?

Las facciones de Christofides se tensaron aún más mientras avanzaba hacia ella.

–No es de su incumbencia. Lo que debería preocuparle es la precaria situación en la que se encuentra toda su familia. Va siendo hora de que despierte, señorita Woods. Tiene la oportunidad de impedir que las cosas se pongan peor para ellos. ¿O es que quiere que su hermano acabe en la cárcel y que sus padres lo pierdan todo?

Una sensación amarga la inundó al pensar que le estaba pidiendo que se convirtiera en la salvadora de sus padres. Salvar a sus padres... que le habían cerrado su corazón y su mente cuando ella los había necesitado. Sin embargo, a pesar de la indiferencia que siempre le habían demostrado, no podría soportar que el legado que tanto se habían esforzado por preservar se desmoronara.

En cuanto a Ben, no quería ni imaginar que pudiera acabar en la cárcel. Su hermano necesitaba ayuda para resolver sus problema con el juego, y posiblemente también tratamiento psiquiátrico para superar los traumas que le había dejado la guerra; no que lo encerraran en una fría celda.

—No puede ir a la cárcel... —murmuró para sí.

Pero Christofides la había oído y aprovechó para presionarla de nuevo.

—Eso depende enteramente de usted.

Sage abrió la boca para contestar, sin saber muy bien qué iba a decir, cuando el ruido de un móvil le hizo dar un respingo. Le llevó un momento darse cuenta de que era el suyo, que estaba guardado en su bolso.

—Me apuesto algo a que es su hermano, que la llama para saber si hay algo de verdad en los rumores que corren —murmuró Christofides.

Sage permaneció allí de pie, paralizada.

—Conteste, señorita Woods —le ordenó él, alcanzando el bolso y tendiéndoselo.

Ella lo tomó con dedos temblorosos. Christofides no se apartó, y el frío brillo en sus ojos le advirtió de las consecuencias que podría tener que diese un paso en falso. Sacó el móvil del bolso. ¿Podía hacerlo? ¿Sería capaz de engañar a su hermano? No, no podía...

—Es por su bien. Piense en eso —le dijo Christofides, como si le hubiera leído el pensamiento.

—Le odio.

Por un momento le pareció ver un atisbo de arrepentimiento en los ojos del magnate, pero de inmediato sus facciones volvieron a endurecerse.

—Solo quiero lo que es mío.

Sage pasó el dedo por la pantalla para aceptar la llamada.

—¿Ben?

—¿Sage?

—Ben, ¿dónde estás?

—¿Es cierto? —la voz de su hermano sonaba áspera, cargada de ira apenas contenida—, ¿estás en Grecia con ese bastardo?

Al lanzarle una mirada furtiva a Christofides, Sage supo que había oído el insulto. El magnate apretó la mandíbula, pero no se movió.

—¿Es verdad que le has robado? —le preguntó.

Sage, que a pesar de las evidencias que se acumulaban en contra de su hermano, confiaba en que lo negase, solo obtuvo silencio por respuesta.

—¿Y qué si lo he hecho? —le espetó Ben—. Es lo que

se merece un tipo como él, que va por ahí pavoneán-
dose, como si fuese el amo del mundo.

Sage cerró los ojos, debatiéndose entre la amar-
gura y la decepción. Sin algo en lo que apoyarse para
defenderlo, de pronto no era capaz de articular palabra.

—Señorita Woods... —le advirtió Christofides con
aspereza.

Al otro lado de la línea, Ben aspiró bruscamente.

—¿Es él? Lo que dice la prensa es verdad, ¿no? Ha
comprado la compañía de danza y está ahí contigo...

—Sí.

Su hermano soltó un improperio.

—Los tipos como él tratan a las mujeres como si
fueran basura. No es digno de respirar el mismo aire
que tú. Tienes que alejarte de él, Sage.

Christofides fijó sus ojos en los de ella, obligándola a darle la única respuesta posible.

—Es que... no puedo...

—Pues claro que puedes. Llama a la policía. Diles
que te ha secuestrado.

—No me ha secuestrado, Ben. Vine aquí por voluntad propia.

—Pero lo hiciste engañada, ¿no? —insistió Ben—.
Compró la compañía de danza y te engañó para que
fueras a esa maldita isla. ¿Cómo sino habrías acabado
ahí?

La mano de Sage apretó el teléfono.

—Ben, ¿por qué estás haciendo esto? Lo único que
quiere es que le devuelvas lo que te has llevado. Tienes que...

—No, eso no es lo único que quiere. Pero da igual,

porque jamás lo recuperará. Además, tampoco sé a qué viene tanto jaleo. Lo que le he quitado no son más que migajas para él; tiene miles de millones.

—Te has llevado algo que es importante para él.

—¿El qué? ¿Las fruslerías que les regala a las mujeres con las que corta para cerrarles la boca? —espetó Ben—. Las encarga por docenas a una joyería. ¿No te lo ha contado? —soltó un gruñido—. No, apuesto a que no.

Sin saber por qué, a Sage el estómago le dio un vuelco al oír aquello.

—Aun así lo que has hecho no está bien.

—Las cosas no son blancas o negras, hermanita.

—Entonces dime qué intentas demostrar —lo desafió ella, que estaba empezando a enfadarse.

—Lo que quiero es fastidiarle. Me he matado a trabajar para él y ese tipo ni siquiera sabía que existía. Quizá ahora que sabe que no es intocable dejará de mirar por encima del hombro a la gente como yo.

—Ben, dime dónde estás.

—Lo siento, Sage, pero no.

—Ben, por favor...

—No. No dejaré que gane. Siento no poder estar ahí para ayudarte, pero quiero que me prometas que a la primera ocasión que tengas te pondrás en contacto con la policía y...

Christofides le quitó el teléfono.

—No hará tal cosa —le espetó a su hermano—. Y yo no lo denunciaré... por ahora. Pero me parece que ya se ha divertido bastante, Woods. Si sigue adelante, sea consciente de a lo que se expone.

Sage oyó a Ben resoplar.

–Sus amenazas no funcionarán conmigo.

Christofides apretó la mandíbula.

–Bien, pero no diga después que no se lo advertí –le espetó. Colgó y le devolvió el móvil a Sage.

–¿Por qué ha hecho eso?

–Porque la conversación no iba a ninguna parte –respondió él con aspereza.

Sage bajó la vista a su móvil, debatiéndose entre volver a llamar a Ben o dejarlo estar. Al oír los pasos de Christofides alejándose, levantó la cabeza.

–¡Espere!

El magnate se volvió y enarcó una ceja.

–¿Qué va a pasar ahora? –inquirió Sage.

Él se encogió de hombros.

–Nada. Ahora ya sabe que es verdad que está aquí conmigo, que no voy de farol. Dejaré que lo rumie un poco.

El vientre de Sage tembló con un mal presentimiento.

–No va a dejarme marchar, ¿verdad?

Él esbozó una leve sonrisa.

–No. Su hermano ha estado más callado que un muerto durante tres semanas, pero acaba de enseñar sus cartas al haberla llamado para asegurarse de que estaba bien. Usted es su punto débil.

–Pero ya ha oído lo que ha dicho: no piensa devolverle lo que se ha llevado.

–Pues no es lo que más le conviene –contestó él, antes de darle la espalda de nuevo para marcharse.

–¿Me va a dejar aquí?

–Por supuesto que no –replicó él volviéndose–.

Hasta que recupere lo que su hermano me ha robado, a donde yo vaya, vendrá usted también.

Mientras caminaba al lado de Xandro Christofides, miró inquieta el reluciente helicóptero negro posado a unos metros.

—¿Ocurre algo? —inquirió él.

Sage miró a su alrededor.

—Es que no veo al piloto.

—Porque seré yo quien lo pilote —contestó él—. No tiene que preocuparse: acumulo un buen número de horas de vuelo, y tengo tan poco interés como usted en que nos estrellemos —la tranquilizó—. Puede que hasta disfrute del viaje.

El helicóptero, ahora que estaban a solo unos pasos, resultaba aún más intimidante de cerca.

—Eso lo dudo.

—Entonces véalo de esta manera: no tiene elección. Donde yo vaya viene usted también, ¿recuerda?

Sage sintió una punzada en el pecho.

—No lo he olvidado, pero no dije que estuviera de acuerdo.

Christofides se paró y la miró con ojos relampagueantes.

—No, pero aquí está. ¿Es cosa de familia eso de cuestionarlo todo? —inquirió en un tono mordaz.

—No me va eso de que me den órdenes ni que me digan lo que tengo que hacer —le espetó ella. Bastante había tenido ya con sus padres.

Christofides abrió la puerta del helicóptero y le tendió una mano para ayudarla a subir. Recelosa,

Sage puso la suya en la de él, y se esforzó por ignorar el cosquilleo eléctrico que la recorrió.

—Estoy ansioso por saber qué es lo que le va —le dijo él con retintín cuando estuvo acomodada en el amplio asiento de cuero.

Y, dicho eso, cerró la puerta y rodeó el aparato para sentarse a los mandos.

El despegue fue lo bastante suave como para que Sage no se diera cuenta de que se habían levantando del suelo hasta que estuvieron a unos cuantos metros de altitud. Hasta encontró emocionante el vuelco que le dio el estómago cuando el helicóptero se ladeó y se alejaron de la villa.

—¿Adónde vamos? —le preguntó.

—A Atenas. Tengo un par de reuniones allí esta noche y mañana.

—¿Y qué se supone que haré yo?, ¿sentarme a esperarlo sin hacer nada?

—Puede tomarse la tarde libre. Se lo ha ganado.

—Preferiría estar en un avión de vuelta a Estados Unidos.

Él apartó los ojos un momento del horizonte para mirarla.

—La próxima vez que llame su hermano, convénzale de que estamos juntos, y le aseguro que ese deseo suyo se hará realidad muy pronto.

—¿A qué se refería mi hermano cuando dijo que se había matado a trabajar para usted, y que usted ni siquiera sabía que existía?

—El año pasado se presentó tres veces para una vacante como guardaespaldas a mi servicio. Mi jefe de seguridad lo rechazó una y otra vez, y parece que se ofendió bastante.

Sage miró por la ventanilla y aunque se mordió la lengua para no hacerle la pregunta que le rondaba la mente, al final acabó escapándosele.

—¿Es verdad lo que dijo mi hermano, eso de que las joyas que le robó las tenía para regalárselas a las mujeres a las que deja?

Él le lanzó una mirada torva.

—No es asunto suyo.

—Preferiría pensar que me he visto envuelta en esto por algo más que unos regalos de despedida para sus próximas conquistas —le espetó ella.

Él no se dignó a contestar, y se concentró en los mandos del aparato durante un buen rato antes de mirarla de nuevo para preguntarle:

—¿Por qué no le habló de la situación en la que se encuentran sus padres?

—¿Para qué?, ¿para que haga alguna otra locura?

Christofides la escrutó un largo rato en silencio, pensativo.

—Está preocupada por él, ¿no?

Sage frunció el ceño.

—Pues claro que estoy preocupada. ¿No es eso con lo que contaba para presionarme y que lo ayudara a encontrar a mi hermano?

Él apretó los labios.

—Cuanto antes arreglemos esto, antes podrá buscarle a su hermano la ayuda que necesita.

Sage se quedó callada un momento.

—¿Qué quiere decir exactamente con eso de que yo iré donde vaya usted? —le preguntó.

—Antes de responderle a eso, ¿tengo su palabra de que hará todo lo necesario para que recupere lo que su hermano me ha robado? —inquirió él. Como ella no respondía, la increpó diciendo—: ¿Hay alguna razón para que se muestre tan reacia a darme su consentimiento?

—Necesito saber que no irá tras mis padres, independientemente de cómo acaben las cosas con mi hermano.

Christofides permaneció en silencio el tiempo suficiente como para darle esperanzas de que estaba considerando su petición.

—No.

A Sage se le cortó el aliento.

—¿Qué?

—No le daré más garantías. Los términos del acuerdo son los que le he expuesto. Haga que su hermano crea que estamos juntos para que salga de su escondite o iré por sus padres con toda la artillería.

—¿Me está chantajeando? ¿Es así como se hizo multimillonario?

El rostro de Christofides se ensombreció y apretó la mandíbula.

—No, hice mi fortuna trabajando mucho y honradamente —contestó en un tono tirante—. Pero eso no significa que no sepa utilizar otras tácticas para conseguir lo que quiero. No lo olvide.

Sage rehuyó la penetrante mirada de Christofides, pero sus palabras continuaron resonando en sus oídos. Fijó la vista en el horizonte, donde ya se divisaba Atenas, y cuando giró la cabeza hacia Christofides se encontró con sus ojos aún fijos en ella, esperando una respuesta.

–Está bien –dijo finalmente–, le doy mi palabra.

Él siguió mirándola un momento antes de volver la vista al frente.

–Bien. Su hermano cree que pretendo seducirla, así que le propongo que demos un paso más: convénzale de que ya somos amantes.

Capítulo 8

LAS FACCIONES de Sage reflejaron una sucesión de emociones muy distintas, que desembocó en una claudicación cargada de rabia. A Xandro, si no fuese por lo contrariado que lo tenía aquella situación, le habría divertido verla reaccionar de esa manera. Tampoco quería admitir que, curiosamente, se sentía algo ofendido al ver la repulsión que parecía causarle la idea de que fingieran que eran amantes.

Volvió de nuevo la vista al frente. Ante ellos se desplegaba la Acrópolis, en toda su magnificencia, y más allá se divisaba el edificio de su hotel, el Xei Atenas, donde los esperaba el helipuerto en el que aterrizarían.

Haber podido regresar, al cabo de los años, al país donde su familia había soportado tantas adversidades que no les había quedado otra que huir de allí, y haber levantado un hotel cerca de uno de los monumentos más emblemáticos, como muestra de su poder, le había producido una inmensa satisfacción. Su familia había tenido que soportar el estigma de que los tacharan de ladrones hasta que él había limpiado el buen nombre de los Christofides.

Apartó aquellos dolorosos recuerdos de su mente y

miró a Sage, que estaba frotándose la muñeca. Frunció el ceño y abrió la boca para preguntarle qué le ocurría, pero volvió a cerrarla y no dijo nada. No quería conocer sus vulnerabilidades ni sus fortalezas. Para él no era más que un instrumento para recuperar lo que le habían arrebatado.

No volvió a hablar hasta que hubo aterrizado y puesto el motor del helicóptero en punto muerto.

—¿Tiene algo que objetar a mi plan? —le preguntó.

—¿Hasta cuándo tendré que fingir que soy su amante? Necesito tiempo para mis ensayos de danza.

—Tendrá que arreglárselas para sacar tiempo de donde pueda, o no habrá ensayos para usted.

—¿Hemos pasado a las amenazas directas? —inquirió ella enarcando una ceja.

Xandro suspiró.

—Le he puesto las cosas muy fáciles, pero insiste en provocarme.

—Y usted es un manipulador. Disculpe si quiero que hablemos las cosas abiertamente —le dijo ella con sarcasmo.

Una sonrisa involuntaria arqueó las comisuras de sus labios.

—Solo vamos a pasar aquí una noche. Después de la reunión que tengo mañana por la mañana saldremos para Estados Unidos. Y entonces podrá retomar su rutina, con algunos pequeños ajustes, claro está.

Al ver la expresión de alivio de Sage, volvió a sentir una punzada de irritación. Le molestaba que, siendo él el agraviado, se comportara como si fuera un castigo estar con él.

Se bajaron del helicóptero y echaron a andar hacia

el ascensor de la azotea. Cuando bajaban a la planta que ocupaba su suite, Sage le preguntó:

—¿A qué ajustes se refería antes?

Él esperó que hubieran salido del ascensor, y aun se tomó su tiempo para contestar mientras sacaba la tarjeta de acceso a su suite.

—Ajustes geográficos —respondió, sosteniéndole la puerta para que entrara.

Ella lo miró curiosa al pasar junto a él.

—¿Va a mudarse a Washington D.C.?

Xandro esbozó una sonrisa forzada mientras cerraba la puerta con el pie.

—No, señorita Woods. Es usted quien va a mudarse temporalmente. A Las Vegas.

Ella lo miró con unos ojos como platos.

—¿Qué? No, eso es imposible.

—Cuando la llamó Melissa Hunter, con muy poca antelación, para decirle que tenía que hacer la maleta para tomar un avión a un destino desconocido, no puso ningún reparo.

Sage frunció los labios.

—No puedo poner patas arriba toda mi vida por esta farsa. Creía que solo tendríamos que...

—¿Salir a tomar café un par de veces y pasear por un parque de la mano? —la cortó él—. ¿De verdad cree que eso convencería a su hermano?

Ella frunció ligeramente el ceño.

—Bueno, parece que no estoy tan versada como usted en escenificar montajes, así que se lo ruego, ilumíneme —le dijo sarcástica.

Xandro no se dio cuenta de que estaba avanzando hacia ella hasta que Sage empezó a retroceder.

–Para empezar, convendría que no huyera como un animalillo asustado cuando me acerco a usted.

Sage se paró en seco y levantó la barbilla para desafiarlo con la mirada.

–No me gusta que invadan mi espacio personal.

–Pues prepárese, porque pienso hacer mucho más que eso.

Dio un paso más hacia ella. Sage aspiró bruscamente, pero tuvo el coraje de permanecer allí plantada.

Xandro no estaba seguro de que fuera sensato acercarse más a ella, sobre todo cuando podía sentir ya como lo envolvía el delicioso aroma de su perfume. Se moría por apretar la nariz contra la dulce curva entre el hombro y el cuello, acariciar esa piel que parecía tan suave...

Sage inspiró nerviosa, y al hacerlo atrajo la atención de Xandro a sus bien formados senos, incrementando aún más su deseo.

–¿Podría... no mirarme de esa manera? –le pidió con fiereza, apretando el bolso en su mano.

Xandro se fijó en el rubor que había teñido de pronto sus mejillas.

–¿De qué manera?

–De ese modo tan... intenso.

–¿Como miraría un hombre a una mujer cuando está impaciente por estar a solas con ella? –sugirió él en un tono provocativo.

Había pretendido burlarse de su puritanismo, pero sus palabras se volvieron contra él cuando su mente se vio inundada por sensuales imágenes.

–Le aseguro que cuando la tome de la mano en

público, nadie tendrá la menor duda de que sus manos han tocado mi cuerpo –le dijo–. Y cuando la acaricie así... –murmuró, deslizando el dorso de la mano por su mejilla. Dios... su piel era tan suave como había imaginado–... todo el mundo pensará que mis dedos conocen cada centímetro de su piel.

–¿Aunque no sea así?

Su voz, que sonaba algo jadeante, no hizo sino excitarlo aún más. Igual que el sentirla estremecerse ligeramente con sus caricias. Subió la mano lentamente por su brazo hasta llegar al cuello.

–Ahora ya conozco el tacto de su piel –murmuró. Y, como no podía resistirse, recorrió con el índice la línea de su mandíbula–. Y ahora sé que se te dispara el pulso cuando la toco.

Sage se estremeció de arriba abajo, pero no se apartó, y tampoco lo hizo él. Entreabrió los labios con un suspiro tembloroso y Xandro, como atraído por una fuerza magnética, bajó la vista a su boca.

Cuando Sage se humedeció los labios con la lengua, el deseo lo golpeó con fuerza, como un puñetazo en el estómago, y enredó los dedos en su pelo antes de inclinarse para besarla.

Durante unos segundos los labios de Sage permanecieron cerrados contra los suyos, pero a Xandro no le importó. Estaba demasiado ocupado deleitándose con su tacto aterciopelado, y acariciando con la lengua la sensual curva del labio inferior una y otra vez antes de mordisquearlo suavemente.

Sage suspiró, y el sentir su cálido aliento en la mejilla fue como una invitación para que volviera a hacerlo. Mordisqueó de nuevo su labio inferior, esta vez un poco más fuerte, y un gemido escapó de los labios de ella. Xandro le ladeó la cabeza para cruzar esa dulce barrera, y la lengua de Sage salió al encuentro de la suya.

Xandro la acarició, y sintió a Sage estremecerse de nuevo. Solo había pretendido darle una lección, pero aquello estaba tornándose rápidamente en algo muy distinto. Ya había logrado su objetivo; debería parar. No... aún no. Solo un poco más. Apretó su boca contra la de ella, y volvió a deslizar la lengua por el labio inferior, arrancándole un gemido.

Sage se quedó paralizada y al instante siguiente estaba empujándolo, en un intento por poner distancia de por medio entre ellos. Los dedos de Xandro, que aún estaban enredados en su cabello, se tensaron un momento antes de que se apartase de ella.

—Bueno, creo que ha quedado claro —murmuró.

Su voz sonaba ronca, como si se hubiera tragado un puñado de grava, y la presión en su entrepierna no había disminuido. Sage se llevó una mano a los labios, y la inocencia de ese gesto lo sacudió por dentro, sobre todo porque tenía la impresión de que no era siquiera consciente de lo que estaba haciendo.

—¿Qué es lo que ha quedado claro? —musitó—. ¿Y... cómo iba a enterarse siquiera mi hermano de esto?

Él se permitió una sonrisa tensa.

—Se enterará.

Sage ladeó la cabeza y dejó caer la mano.

—Déjeme adivinar... ¿otro plan alternativo?

—Es mejor que no sepa los detalles. Quiero que sus reacciones sean lo más naturales posibles. Si no, nos arriesgamos a que sospeche que es una estratagema.

Sage fue hasta el sofá más cerca y arrojó el bolso sobre él.

—Esto es una locura.

—No, es la manera de ahorrarnos tiempo y conseguir resolver esta situación de un modo satisfactorio para ambos.

—Pero... ¿no esperará de verdad que me ponga a interpretar ese papel que propone en cualquier momento, así, de improviso?

Xandro bajó la vista a sus labios, tan apetitosos, que aún estaban ligeramente hinchados.

—Bueno, acabo de besarla y ha respondido de un modo bastante... aceptable. Además, ¿no es eso lo que hace cuando baila, interpretar un papel?

—Eso es distinto.

—Estoy seguro de que sabrá adaptarse —respondió él—. Y una cosa más: puesto que vamos a fingir que estamos juntos, a partir de ahora nos tutearemos —añadió—. Tengo que salir, pero dentro de un momento vendrá mi mayordomo privado y te indicará dónde está tu habitación. Volveré dentro de unas horas y espero que estés lista cuando llegue, porque bajaremos a cenar en el restaurante del hotel.

Sage estaba de pie junto a la ventana del salón de la suite, admirando cautivada el Partenón de la Acrópolis a lo lejos, cuando oyó unos pasos detrás de ella. Se volvió y vio a Xandro, que se había parado en el umbral de la puerta con la vista fija en el móvil que llevaba en la mano.

Vestido como iba todo de negro, y a pesar de que

no llevaba corbata y de que se había dejado sin abrochar los dos primeros botones de la camisa, era la personificación del poderoso e intimidante magnate que era.

Al ver la piel aceitunada de su pecho y un atisbo de vello, sintió que una ráfaga de calor afloraba en su vientre, una reacción que se esforzó por ignorar cuando él levantó la vista del móvil y fijó sus ojos grises en ella.

—¿Lista?

Aunque ella asintió, la miró lentamente de arriba abajo. Cohibida, Sage, que se había hecho un moño y se había puesto un sencillo vestido negro corto con zapatos de tacón a juego, esperó su veredicto.

—¿No te dejas nunca el cabello suelto? —inquirió él en un tono brusco, como si le desagradara.

Sage frunció el ceño. Había tenido intención de llevarlo suelto esa noche, hasta que se había recordado que aquello no era una cita, y que estaba siendo chantajeada por aquel hombre para que su hermano se rindiera.

—A veces sí —contestó con aspereza.

Echó a andar hacia él, pero al ver que seguía mirándole el pelo, se detuvo y se encontró llevándose la mano a la nuca, insegura, para tocarse el moño.

—¿Ocurre algo? —le preguntó.

—Aparte de que eres bastante respondona y de que el color de tu pelo me recuerda a un atardecer en Ayia Hera, nada —contestó él.

Y de repente, como si hubiese dicho algo que no pretendía, frunció el ceño y se metió las manos en los bolsillos.

—Vámonos.

Mientras bajaban en el ascensor no cruzaron palabra, y Sage se sintió aliviada cuando, cinco pisos después, las puertas se abrieron y se encontraron en el refinado vestíbulo del restaurante.

Estaba mirando a su alrededor mientras esperaban, cuando sintió el aliento de Xandro en el cuello.

—Voy a ponerte la mano en la cintura —le susurró—. Sé buena y no des un respingo como otras veces.

—No pensaba hacerlo —replicó ella, pero no pudo evitar estremecerse por dentro cuando el brazo de Xandro le ciñó la cintura y la recorrió un cosquilleo eléctrico.

—Me alegra saberlo. Aunque no vendría mal que sonrieras un poco.

—No puedes ordenarme que sonría. Es como si yo te ordenara hacerme reír.

—Lo siento, me temo que mi repertorio de chistes está un poco desfasado —contestó él con sorna—. Pero al menos podrías intentar no poner esa cara de animalillo asustado que tienes ahora.

Sage estaba a punto de increparlo por estar todo el tiempo dándole órdenes, cuando él le apretó la mano contra la cintura y la atrajo hacia sí. Todo pensamiento racional abandonó su mente cuando sintió los duros contornos de su cuerpo contra el de ella, y los latidos de su corazón se dispararon.

En ese momento apareció el maître, que les dio la bienvenida y los condujo a su mesa, en el centro del comedor. Sage le dio las gracias con una sonrisa cuando fue a retirarle la silla para que se sentara, pero de pronto Xandro le dijo algo en griego al maître, y este se hizo a un lado para dejar que lo hiciera él. Luego les sirvió agua a ambos, y les dio la carta antes de retirarse.

—¿He pasado la prueba? —preguntó Sage al cabo de un rato para romper el silencio.

Había pensado que se sentaría enfrente de ella, pero en vez de eso había ocupado la silla que estaba a su izquierda, y teniéndolo tan cerca le resultaba imposible inspirar sin que el olor de su colonia la embriagase.

—La habrías pasado... si no fuera porque parece que no has entendido nada y has sonreído a otro hombre en vez de al hombre con el que estás.

Sage iba a resoplar y poner los ojos en blanco, pero se contuvo cuando se fijó en que parecían haber despertado la curiosidad de la gente de las mesas de alrededor.

—Nos están mirando —murmuró.

—¿Y qué? Siendo bailarina, ya deberías estar acostumbrada a que te miren.

—Estoy acostumbrada a tener público cuando bailo, pero eso es distinto —replicó ella. Sus ojos se posaron en un tipo que parecía estar sacándoles disimuladamente una foto con el móvil. Frunció el ceño—. ¿Por eso me has traído aquí? ¿Porque sabías que la plebe estaría preparada para documentar que te has dignado a honrarles con tu ilustre presencia? —le preguntó con retintín.

Xandro esbozó una media sonrisa.

—Pues claro. ¿Por qué sino? —respondió en un tono fingidamente imperioso.

Sage sintió una repentina necesidad de verle sonreír de verdad, y no porque estuviese tomándole el pelo.

–Ese sitio que mencionaste antes... Ayia...

Él se tensó ligeramente y la miró con los ojos entornados.

–Ayia Hera.

Sage asintió.

–¿Naciste allí?

Un tenso silencio siguió a su pregunta.

–Es el lugar desde el que mi familia emigró –respondió Xandro finalmente–. Yo nací y me crié en Nueva York. En los suburbios del Bronx, para ser más exacto.

–¿Y te queda algún pariente en ese sitio?

Él apretó la mandíbula.

–No, ninguno.

Había sido una respuesta brusca, una advertencia de que no se entrometiera, pero Sage la desoyó.

–¿Y en Nueva York? ¿Tienes familia en...?

No pudo terminar la pregunta porque de pronto él le puso una mano en la nuca, la atrajo hacia sí y selló sus labios con un beso. Había sido muy hábil, un movimiento ejecutado con la precisión de un depredador saltando sobre su presa en el momento exacto. Había sido tan inesperado, que Sage se quedó paralizada el tiempo suficiente como para que él aprovechara para deslizar la lengua entre sus labios y acariciar la suya de un modo tan erótico, que sintió como una ola de calor emanaba entre sus piernas. Se tomó su tiempo para explorar cada rincón de su boca y de repente, del mismo modo en que se había abalanzado sobre ella sin previo aviso, se apartó de ella.

Capítulo 9

XANDRO se echó hacia atrás en su asiento de un modo casual e hizo una seña al sommelier. Sage, que seguía aturdida, se esforzó en vano por calmar su corazón desbocado.

El murmullo de las conversaciones a su alrededor aumentó, y se sintió abochornada al pensar que todos habían visto aquel beso, y que seguramente estarían cuchicheando acerca de ellos. Le ardían las mejillas, e iba a llevarse la mano a la cara cuando Xandro la atrapó y le besó los nudillos, desatando un nuevo torbellino de sensaciones en su interior.

Había vuelto a besarla, pensó mientras el sommelier les servía el vino. Y sin previo aviso. Como si tuviera todo el derecho a hacerlo. Como si fuese de su propiedad. Sabía que lo había hecho para que no siguiera haciéndole preguntas, pero aun así... Estaba indignada, pero no podía negar lo electrizante y deliciosamente sensual que había sido aquel beso.

El sommelier se retiró, y poco después llegó un camarero para tomarles nota.

—¿De entrante prefieres marisco o ensalada, palomita? —le preguntó Xandro apretándole la mano—. Pide el marisco; te encantará.

—Tomaré la ensalada —le dijo ella al camarero.

No iba a dejar que Xandro le dijera también lo que tenía que comer.

Los ojos de él relampaguearon, pero no hizo comentario alguno. Sin embargo, cuando el camarero se hubo marchado, volvió a llevarse su mano a los labios y a besarle los nudillos, haciéndole dar un respingo.

—¡Para! —le siseó Sage—. ¡No... no puedes hacer eso!

De pronto se dio cuenta de que estaba temblando. Y él también debió darse cuenta, porque tomó su mano entre las suyas, un gesto que a ojos de su ávido público seguramente parecería un gesto cariñoso o tranquilizador. Lo miró con incredulidad mientras le acariciaba los nudillos lentamente con el pulgar.

—Tranquilízate. Ahora nos está mirando más gente.

—¿Y de quién es la culpa? —lo increpó ella entre dientes—. ¡Dios!, no puedo creerme que...

—Pues créetelo. O volveré a besarte una y otra vez hasta que te lo creas.

La sensación de calor que le subió por el cuerpo al oírle decir eso la irritó.

—¿Por qué? Si no quieres que te haga preguntas, ¿por qué no me lo has dicho?

—¿Me habrías hecho caso? No sueles mostrarte muy obediente.

—¿Y eso te da derecho a abalanzarte sobre mí y besarme?

—Yo no te veo demasiado traumatizada. De hecho, yo diría que quieres que vuelva a hacerlo.

Sage apretó los labios.

—Lo que quiero es que te mantengas lejos de mí. Y suéltame.

Xandro apartó sus manos, se echó hacia atrás y tomó su copa de vino con mucha calma.

—Dentro de unos minutos empezará a hablarse en las redes sociales de mi misteriosa nueva conquista —le dijo—. Puede que no fuera lo que tenía planeado, pero tiene su lado positivo.

—¿Significa eso que ya tienes lo que querías? —inquirió ella esperanzada.

—El tiempo que tengas que permanecer conmigo depende únicamente de lo convincente que resultes en tu papel. Prueba el vino; es muy bueno.

Sage quería negarse pero, aunque raramente bebía, esa noche no le vendría mal un poco de alcohol. Tomó su copa y probó un sorbo. No tenía ni idea de qué vino era, pero provocó una explosión tan deliciosa en sus papilas gustativas, que no pudo contenerse y dio otro sorbo. Y luego otro.

—Despacio —le dijo Xandro—. Apenas tomaste un par de bocados en el almuerzo. No podemos permitirnos que te achispes antes de que lleguen siquiera los entrantes.

Sage enarcó una ceja.

—¿Por qué, te da miedo que me porte mal? —le preguntó desafiante.

—Creo que ya he encontrado el remedio para tu mal comportamiento —apuntó él—: estaba pensando en contestar algunas de tus preguntas.

Algo sorprendida, Sage dejó la copa en la mesa.

—¿Pero entonces por qué...?

—¿Por qué te he besado? — Xandro se encogió de hombros—. Antes, cuando estabas haciéndome esas preguntas, no estaba seguro de querer dejarte hurgar en mi vida.

—¿Y ahora?

—He decidido que no nos vendría mal saber un poco más acerca del otro. Así que, en respuesta a la pregunta que me hiciste antes... no, ya no me queda ningún pariente vivo. En ninguna parte.

Algo en su voz hizo que a Sage se le encogiera el corazón. Aunque no tuviera relación con sus padres, no podía imaginar lo duro que sería perderlos. Ni lo duro que sería estar sola en el mundo, aunque esa fuese la sensación que había tenido durante los últimos tres años.

—Antes dijiste que tu familia había emigrado, pero... —comenzó a decirle, pero se quedó callada. No se atrevía a revolver aún más las aguas.

—¿Pero qué? —la instó él.

—Bueno, corrígeme si me equivoco, pero tengo la sensación de que utilizaste esa palabra a falta de una mejor.

Él apretó la mandíbula y tomó un sorbo de vino antes de encogerse de hombros.

—Quizá porque «emigrar» suena más civilizado que decir que fueron expulsados del país.

—¿Qué?

—Lo que has oído. Mis abuelos y mi madre fueron expulsados de su hogar, y tuvieron que dejar atrás todo lo que habían conocido. No les quedó otra opción que emigrar. Tomaron un barco a Nueva York... y el resto es historia.

El tono que había empleado había sonado calmado, incluso despreocupado, pero Sage estaba segura de que había mucho más bajo la superficie. Mientras escrutaba su apuesto rostro, no pudo evitar preguntarse si la rudeza de su carácter se debería a lo que le había ocurrido a su familia, o si se habría forjado después.

Antes de que pudiera preguntarle nada más, llegó el camarero con los entrantes. Su ensalada de setas con aceite de trufa estaba deliciosa, pero no podía dejar de mirar la parrillada de marisco de él. Comieron en silencio durante un rato, hasta que él pinchó una gamba con su tenedor y se la ofreció.

—Prueba un poco.

Aquello le parecía algo tan íntimo, que Sage sacudió la cabeza de inmediato.

—No, gracias, no me...

—Estamos fingiendo que somos pareja. Te estoy ofreciendo un bocado de mi plato; no puedes rechazarlo. Además, no le has quitado los ojos a mi plato desde que llegó. Negarse a algo por los principios que uno tenga es admirable, pero solo hasta cierto punto. A partir de ahí se vuelve tedioso. Por no mencionar que sería un golpe por partida doble a mi orgullo que rechazara el gesto cortés que estoy teniendo con usted... y encima delante de tanta gente.

Sage miró el delicioso bocado a unos centímetros de su boca y luego a la gente que los rodeaba, que seguían lanzándoles miradas sin demasiado disimulo. El delicioso aroma ahumado de la gamba, mezclado con un toque de limón era una tentación demasiado grande como para resistirse, y acabó inclinándose y abriendo la boca para aceptar el ofrecimiento de Xandro. Apenas pudo reprimir un gemido de placer al saborear aquel exquisito bocado.

—No está mal, ¿no? —le preguntó él.

Sage terminó de masticar, tragó y alcanzó su copa para tomar un sorbo de vino.

–No, estaba deliciosa.

Cuando el camarero volvió para retirarles los platos y preguntarles qué querían de segundo, Xandro volvió a recomendarle un plato, y esa vez Sage decidió darle gusto.

–¿Por qué no te hablas con tus padres? –le preguntó él cuando se quedaron a solas de nuevo.

El estómago de Sage se tensó, como si se hubiera revestido con una coraza contra el dolor que aquel tema le causaba.

–Havenwoods ha pertenecido a la familia de mi padre durante generaciones, y ha sido regentado por mis antepasados desde que fue construido. Mis padres ya tenían planeada mi vida y la de mi hermano desde que éramos niños, pero yo, al cumplir los trece años, les dije que no tenía la menor intención de continuar el negocio familiar. Al principio creyeron que no iba en serio. Cuando se dieron cuenta de que para mí bailar no era solo una actividad extraescolar con la que pasar el tiempo, no les hizo mucha gracia, pero siguieron pensando que no era más que una fase, y que se me pasaría. La situación llegó a un punto crítico hace unos años. Les dije que me mudaba a Washington D.C. para hacer pruebas para la compañía de danza, y me dijeron que si me iba me desheredarían y que nunca podría regresar. Mi padre vino a verme unos meses después y me dijo que mi madre y él estaban dispuestos a perdonarme si entraba en razón. De eso hace ya tres años.

–¿Te han visto bailar alguna vez? –le preguntó él.

–En una producción amateur hace años. Me preguntaron qué quería por mi cumpleaños, y les pedí que vinieran a verme bailar. Llegaron tarde y solo vieron la última media hora de la representación.

Xandro contrajo el rostro.

–Se negaron a ver tu talento. Ellos se lo pierden.

–Me gustaría que las cosas fueran distintas –murmuró Sage.

–Nuestra realidad solo puede llegar a ser distinta si la cambiamos nosotros. Desear que las cosas fueran distintas de como son es una pérdida de tiempo –le dijo él.

Por el tono tan duro que empleó, era evidente que hablaba por propia experiencia.

–¿Fue eso lo que hiciste tú?, ¿cambiar tu realidad? –inquirió Sage, ansiosa por cambiar de tema.

Él apretó los labios y esbozó una leve sonrisa.

–Quizá este no sea el mejor momento para hablar de temas personales después de todo.

Sage sintió una punzada de decepción.

–Fue idea tuya, pero si has cambiado de idea tampoco pasa nada.

Xandro entornó los ojos.

–¿Estás intentando aplicar la psicología inversa conmigo?

Ella sacudió la cabeza lentamente.

–Claro que no. Hablar del pasado no siempre es fácil. Sobre todo cuando... –se quedó callada. El vino estaba soltándole demasiado la lengua.

–¿Cuando qué?

Sage se encogió de hombros.

–Es que leí en Internet... Bueno, en algún artículo se sugería entre líneas que tenías un... pasado oscuro.

Xandro apuró el vino que quedaba en su copa.

–Yo no quería cambiar mi realidad porque deseara que las cosas fueran distintas de como eran. Surgió de la necesidad de cambiar.

–¿Qué quieres decir?

–Que en un momento dado me encontré en una encrucijada y tuve que tomar una decisión. El camino fácil era volver a la banda callejera en la que había estado. Probablemente habría muerto joven, de un disparo o un navajazo. Y el camino difícil era dejar atrás esa vida de pandillero y labrarme un porvenir sin ayuda de nadie.

–Me imagino que debió ser duro, pero sin duda te valió la pena. La mayoría de la gente solo puede soñar con el éxito que tú has conseguido en la vida.

Él esbozó una sonrisa amarga.

–Y algunos se cansan de soñar y tratan de aprovecharse del éxito de otros.

Esa pulla hacia su hermano molestó a Sage, que plantó su servilleta en la mesa y le espetó:

–No hace falta que me recuerdes por qué estoy aquí.

Él se quedó desconcertado un momento antes de que sus facciones se tensaran.

–Me alegra oír eso –contestó, poniendo también su servilleta en la mesa. Se levantó y le dijo–: Como parece que ya hemos cubierto el cupo con esto de compartir detalles de nuestras vidas, nos tomaremos una última copa en la terraza. Vamos.

La terraza del restaurante resultó ser la más hermosa que Sage había visto nunca, con macetones con plantas y una vista tan espectacular que la dejó boquiabierta. Si de día la Acrópolis le había parecido impresionante, de noche, con el Partenón iluminado, lo era aún más.

–Vaya... –murmuró admirada, inclinándose sobre la balaustrada–. Es una vista preciosa –dijo volviéndose hacia Xandro.

–No tan preciosa como tú –susurró él, plantando las manos en la balaustrada, a ambos lados de ella.

–¿Qué haces? –protestó Sage–. Ya has conseguido lo que querías: la gente de las otras mesas estaba sacándonos fotos, y probablemente también han grabado vídeos con sus móviles cuando me has besado.

–Un beso que me encantaría volver a repetir –respondió él con descaro.

Cuando Sage gimió indignada, él bajó la vista a sus labios, y antes de que pudiera responder se apoderó de ellos con un beso ardiente que volvió a robarle la capacidad de reacción.

Los labios de Xandro acariciaron los suyos lenta y sensualmente, como si estuviese paladeando un buen vino, y deslizó la lengua por la unión entre ambos antes de intentar adentrarse en su boca. Incapaz de resistirse, Sage se lo permitió. Sintió un calor y un cosquilleo entre los muslos, la prueba física del deseo que estaba apoderándose de ella, y se encontró aferrándose con ambas manos a su camisa cuando él despegó sus labios de los suyos y levantó la cabeza.

–Odio tener que parar, pero ya están aquí nuestras bebidas –murmuró contra su boca.

Sage se apresuró a bajar las manos y él la miró divertido pero no hizo comentario alguno. Solo entonces advirtió ella la presencia de un camarero que se dirigía con una bandeja hacia una mesa cercana. Depositó sobre ella dos tazas en las que sirvió café, para luego añadir un chorrito de un licor de color ambarino.

Cuando se hubo retirado, fueron a sentarse, Sage bajó la vista a las pequeñas tazas y, simplemente por tratar de disipar la tensión sexual que aún flotaba en el ambiente, preguntó:

—¿Qué es?

—Café griego con metaxá, una mezcla de brandy y vino. Pruébalo —la instó él, acercándole su taza a los labios.

Sage lo miró vacilante antes de probar la bebida.

Como todo lo demás que había probado esa noche, aquel nuevo sabor le pareció singular y electrizante, pero cuando él le ofreció otro sorbo, lo rechazó sacudiendo la cabeza.

—Está bueno, pero el café me pone muy nerviosa.

Él no insistió, sino que apuró de un trago la potente bebida y dejó la taza en su platillo. De pronto le sonó el móvil, como si le hubiera llegado un mensaje de texto. Lo sacó del bolsillo, y Sage lo observó en silencio mientras movía el dedo por la pantalla. Parecía que las noticias que había recibido no eran precisamente de su agrado.

—¿Qué ocurre? —inquirió ella.

—Parece que, como predije, ya ha saltado la liebre en las redes sociales —murmuró él en un tono tenso, sin apartar la vista de la pantalla.

—¿No era ese el objetivo? —inquirió ella. De pronto

comprendió qué había tras sus palabras–. ¿Se trata de mi hermano?

–Sí.

A Sage el estómago le dio un vuelco, pero se obligó a hablar de nuevo para preguntarle:

–¿Qué ha pasado?

–Se ha gastado veinte mil dólares esta noche en el casino de un hotel en Macao –le explicó él airado.

Sage sintió una punzada en el pecho.

–Entonces... no está reaccionando como esperas.

Él volvió a guardarse el móvil en el bolsillo.

–Te equivocas: el hotel al que ha ido es uno que estoy en trámites de adquirir. No es ningún secreto que las últimas fases de una negociación están siendo delicadas; los periódicos financieros llevan casi dos semanas hablando de ello. El personal del casino oyó a tu hermano haciendo comentarios despectivos sobre mí a voces, y se puso lo bastante insolente como para que acabaran avisando al gerente. Hasta preguntó por mí, aunque sabía que yo no estaba allí. Así que yo diría que es su manera de hacerme saber que está furioso por lo «nuestro».

Sage no sabía cuál de las emociones que la embargaron en ese momento era la que se imponía sobre las demás: dolor, ira, tristeza.

–¿Sigue allí?

Él sacudió la cabeza.

–Consiguió despistar a mis hombres. Pensaban que se dirigiría a Hong Kong, así que fue allí donde centraron la búsqueda –contestó entre dientes–. Llegaron a Macao hace tres horas, pero no lo han encontrado.

–Y ese acuerdo que estabas intentando cerrar... ¿lo perderás por culpa de esto? –inquirió ella.

No quería ni imaginarse que pudiera convertirse en otro problema a añadir a la lista de agravios que le había hecho su hermano.

Él apretó la mandíbula.

–Tendré que calmar un poco las aguas, pero me he enfrentado a obstáculos más difíciles en una negociación.

A Sage la alivió oír eso, pero, después de lo que le había revelado sobre su pasado, volvió a rondarle un pensamiento inquietante.

–Lo que mi hermano te robó... ¿no es solo una joya sin importancia, verdad?

Él fijó sus ojos en los de ella con una mirada penetrante, abrasadora.

–No, no lo es.

No dijo nada más, y Sage no insistió.

–¿En qué estás pensando? –le preguntó él.

–Quiero a mi hermano –respondió Sage–. Ha sido mi único apoyo durante tanto tiempo... Pero a veces querría que... –sacudió la cabeza.

Él apretó los labios.

–Centrémonos en conseguir que haga lo que queremos que haga.

Sus palabras airaron a Sage.

–¿Cómo?, ¿con otra exhibición en el restaurante?

–Justamente. O, mejor aún, con algo más... contundente.

A Sage el corazón le dio un vuelco.

–¿Qué quieres decir?

–Le haremos creer que ya formas parte de mi vida –respondió él–. ¿No decías que querías volver a la suite? Será lo mejor; necesitamos descansar. Mañana por la mañana a primera hora saldremos para Las Vegas.

Capítulo 10

VERSE acosada por los flashes y las preguntas de los paparazzi mientras caminaba junto a Xandro a su llegada al aeropuerto McCarran en Las Vegas, era una experiencia por la que Sage no quería volver a pasar jamás.

–¿Siempre es así? –le preguntó a Xandro cuando ya estaban dentro de la limusina, camino del hotel.

Él, que estaba consultando algo en su móvil, se encogió de hombros.

–Me dan la lata cada vez que empiezo a salir con una mujer nueva.

–¿Y con qué frecuencia ocurre eso? –le preguntó ella sin poder contenerse.

Su pregunta hizo que Xandro la mirara, pero no pudo ver la expresión en sus ojos porque, como ella, llevaba gafas de sol.

–¿Tienes algún interés en mi vida sexual? –la picó.

–No. Solo quiero saber cuánto tiempo tendré que soportar el acoso de los paparazzi.

–Pueden ser un poco pesados, pero acaban cansándose y pasando a su siguiente víctima –respondió él–. Aunque en tu caso... –se quedó callado, con una sonrisa curiosa en los labios.

–En mi caso... ¿qué?

—Bueno, creo que su interés por ti durará un poco más de lo normal.

—No tiene gracia.

—No cuentes con que su interés se diluya pronto. Hay una inocencia en ti que los atrae como a buitres carroñeros.

—Eso no me tranquiliza en absoluto. Y no soy ninguna ingenua —le espetó ella.

—¿Ah, no? ¿Cuánto hace de la última relación que tuviste?

Sage no pudo evitar que se le subieran los colores a la cara.

—No es asunto tuyo.

Xandro le quitó las gafas.

—¡Eh!, ¿qué haces? —protestó ella.

—Quiero verte los ojos cuando contestes. Y si te sonrojas con una pregunta tan simple, los paparazzi se te comerán viva.

—¡Pues me da igual, porque no voy a contestarte, y tampoco les contestaré a ellos!

En ese momento el coche tomó una curva cerrada, arrojándola hacia Xandro, que la agarró por los hombros.

—¿Cuánto hace, Sage? —murmuró contra sus labios—. ¿Fue el hombre con el que lo hiciste por primera vez?

—Xandro...

Él gruñó entre dientes.

—Borra esa pregunta. Prefiero no saberlo.

Sage estaba intentando entender por qué parecía tan irritado, cuando la atrajo hacia sí y sus labios descendieron sobre los de ella. En el momento en que abrió la boca, la lengua de él se adentró en ella con decisión, acariciando la suya con unos movimientos tan eróticos que se le cortó el aliento y no pudo evitar que se le escapara un gemido.

Se agarró a sus antebrazos para que no la arrastrara consigo el torrente de sensaciones que estaba sacudiéndola, y sintió como se tensaban los fuertes músculos bajo sus dedos.

La lengua de Xandro acariciaba la suya con creciente insistencia, como si quisiera devorarla. No era la primera vez que la besaban. Antes lo había hecho ese alguien-sobre el que Xandro había preferido que no le hablase. Había acertado: había sido el primero y el único con quien había tenido relaciones.

Era algo que había surgido de la soledad y la curiosidad más que otra cosa. Un bailarín llamado Paul que había llegado a Washington D.C. al mismo tiempo que ella y se había alojado por un corto periodo de tiempo en la casa donde ella vivía de alquiler con otros compañeros. Habían trabado amistad, y habían acabado rompiendo al cabo de un tiempo de mutuo acuerdo.

No se arrepentía de haber perdido la virginidad con Paul. Había sido delicado y considerado en la cama. Pero para sus adentros se había preguntado por qué al hacerlo con él nunca había tenido la sensación de que la tierra temblase bajo sus pies, o por qué después de la primera vez no se había sentido ansiosa por volver a hacerlo. Ahora sabía por qué: porque Paul nunca había desatado en ella el fuego de la pasión.

Todo lo contrario de lo que Xandro estaba consiguiendo en ese momento con un simple beso. Solo que, en realidad, no era un simple beso. La mano de Xandro subió por su brazo hasta su cuello, y se le escapó un gemido cuando la otra descendió por su espalda hasta la curva de una de sus nalgas. Xandro la estrujó suavemente, masajeándola, antes de atraerla un poco más hacia sí.

El notar de pronto algo duro contra la cadera, prueba de la excitación de Xandro, fue como arrojar más leña al fuego que la estaba consumiendo. Y cuando se encontró preguntándose cómo sería tenerlo dentro de sí, supo que tenía un serio problema.

Sin embargo, era incapaz de apartarse de él, de no dejar que sus labios la condujesen a donde quisiera, como si se hubiese convertido en esclava del placer que corría por sus venas. Cuando él puso fin al beso, hasta se le escapó un gemido de protesta.

Los ojos de él, oscurecidos por el deseo, escrutaron su rostro mientras las yemas de sus dedos recorrían su mandíbula.

—Tenemos que escoger mejor el momento para estas cosas —dijo.

—¿Cómo? —murmuró ella aturdida.

—Por más que me gustaría continuar con esto, tenemos que parar —respondió Xandro—. Hemos llegado.

Sage tardó un momento en procesar lo que acababa de decirle. Al mirar hacia la ventanilla de Xandro vio que el chofer estaba fuera, esperando la indicación para que les abriera la puerta. Y detrás de él se alzaba el icónico rascacielos que albergaba el hotel que era el buque insignia de Xandro.

Este golpeó la ventanilla con los nudillos, pero no se bajó de inmediato cuando el chófer abrió, probablemente por el enjambre de paparazzi que rodearon el coche. Sus guardaespaldas, que viajaban en otro vehículo, contuvieron a los paparazzi para que pudieran salir.

Se dispararon los flashes a su alrededor, y empezaron a lanzarles preguntas. Xandro había vuelto a ponerse las gafas de sol, pero no le había devuelto las suyas, y sin ellas se sentía vulnerable y desnuda.

–¿Me das mis gafas, por favor? –le suplicó.

Xandro no se las dio, sino que se detuvo, se tomó su tiempo para remeterle un mechón tras la oreja y ponérselas él mismo, y le acarició la mejilla antes de dejar caer su mano.

Si su intención había sido ofrecer a los medios una confirmación de que estaban juntos sin decir una palabra, desde luego lo había conseguido con ese momento tan cuidadosamente coreografiado, porque los paparazzi se pusieron a hacer más fotos como locos.

Él se mantuvo perfectamente calmado, y le puso una mano en el hueco de la espalda para conducirla dentro del hotel.

Sage estaba temblando, en parte de rabia y en parte por vergüenza, cuando entraron en el ascensor para subir a su suite privada.

Su mente era un hervidero de pensamientos. Quería echarle en cara lo que acababa de hacer, increparle por las emociones contradictorias que se revolvían en su interior. Sin embargo, ella era igual de responsable de lo que había ocurrido. Se había dejado llevar por el deseo. Podía culpar a Xandro por haberse aprovechado de su momento de debilidad, pero se lo había puesto en bandeja.

Xandro debía estar satisfecho con cómo se habían desarrollado los acontecimientos de los últimos diez minutos, o quizá ya se había olvidado por completo. El caso era que estaba otra vez mirando su móvil, el epítome de alguien que lo tenía todo bajo control.

La suite estaba en el ático, como la de Atenas, aunque era el doble de grande.

—¿Solo vives en hoteles? —le preguntó.

Él levantó la vista para mirarla.

—No, tengo varias propiedades alrededor del mundo.

—Propiedades, ¿pero no un hogar?

Xandro entornó los ojos.

—¿Intentas decirme algo?

—Es que me parece una existencia muy fría, eso es todo.

Él se cruzó de brazos.

—¿Seguro que eso es todo? ¿No quieres contarme por qué estás tan molesta?

Sage resopló.

—Pues sí, ya que lo mencionas, me ha dado la impresión de que lo que ha pasado cuando hemos llegado estaba todo orquestado. ¿Me equivoco?

—Al principio no. Si te besé en el coche fue solo porque estabas increíblemente preciosa y no pude resistirme.

Sage se quedó mirándolo boquiabierta y tardó un momento en recobrar la compostura.

—Pero luego aprovechaste la situación —lo increpó.

—Así es como se cosecha éxito en la vida: aprovechando las oportunidades que te brinda cada momento.

Sage, que aún estaba aturdida por aquel beso apasionado dentro del coche, agradeció para sus adentros que le recordara la clase de hombre que era: alguien de lo más controlador, un manipulador que sacaba provecho de cada situación. Le dio la espalda y empezó a alejarse de él, pero se paró en seco al encontrarse con tres pasillos.

—¿Podrías decirme en qué habitación voy a dormir? —le preguntó volviéndose—. Estoy cansada.

En realidad no estaba tan cansada, pero sí necesitaba estar a solas y calmarse. Xandro le indicó que lo siguiera por el pasillo de la derecha y pasaron dos puertas antes de que se detuviera en la tercera. A la entrada había un saloncito, con un televisor, un sofá y un mueble bar, y luego estaba el dormitorio, amplio y elegante, con su cuarto de baño y su vestidor.

—¿Adónde da esa puerta? —inquirió señalando otra puerta que había al fondo.

—A unas escaleras que llevan al piso de arriba.

—¿Y qué hay arriba?

—Mi dormitorio.

—Caramba... ¿Hiciste que construyeran un «pasadizo» secreto para tus conquistas? Eso es un poco anticuado, ¿no?

Xandro se rio.

—Arriba está también mi piscina privada —añadió—. Puedes darte un chapuzón si quieres. Pediré que te traigan algo de comer. Tengo un par de asuntos que atender, y supongo que te alegrarás de poder librarte un rato de mí, así que aprovecha para relajarte.

Cuando Xandro se hubo marchado, Sage decidió que no le vendría mal relajarse un poco, como él había dicho, así que se puso un bañador y subió a la piscina. Estuvo nadando y disfrutando del agua a sus anchas hasta que vio aparecer al mayordomo personal de Xandro, que le traía una bandeja con un sándwich club y un refresco.

Después de tomárselos volvió a su habitación. Aunque aún no había atardecido, su cuerpo seguía rigiéndose por la hora de Grecia, donde ya debían ser las dos o las tres de la madrugada. Se dio una ducha, se puso unas braguitas limpias y una camiseta grande que usaba para dormir, y se fue al saloncito, donde encendió el televisor y se tumbó en el sofá.

Cuando Xandro volviera quería preguntarle dónde podría ensayar. El no poder ponerse en contacto con él la irritaba. ¿Tendría un despacho en el hotel, o tal vez unas oficinas en otra parte? Cuando le había dicho que tenía un par de asuntos que atender había dado por hecho que se refería a asuntos de trabajo, pero de pronto se preguntó si no se referiría a otra cosa. O más bien a otra persona.

A pesar de que sabía que estaba utilizándola, detestaba pensar que podría estar compartiendo a Xandro, sin saberlo, con otra mujer. Salvo que «compartirlo» implicaría que fuera suyo, cuando no era así.

Irritada, frunció los labios, ahuecó un poco el cojín sobre el que estaba apoyada y subió el volumen para no pensar.

Cuando abrió los ojos, a Sage le llevó un momento recordar dónde estaba mientras se desperezaba entre las cálidas y suaves sábanas.

¿Sábanas? Se levantó como un resorte. Estaba en el

dormitorio. Y el reloj sobre la mesilla indicaba que eran las cuatro de la madrugada. Habían pasado casi diez horas. Debía haberse quedado dormida en el sofá y en algún punto de la noche alguien la había llevado allí.

Apartó las sábanas, se bajó de la cama y miró a su alrededor sin saber muy bien qué estaba buscando. ¿Alguna prueba de que Xandro había estado allí? La turbaba pensar que hubiera podido ser él quien la había llevado a la cama.

Demasiado inquieta como para volverse en la cama con esos agitados pensamientos, salió al pasillo. Vio luz en el salón, a lo lejos, y se quedó quieta, escuchando, pero no se oía ni un ruido. En el aire flotaba un olor a café y, convencida de que sería una cafetera automática que el mayordomo había dejado programada, siguió el olor hasta llegar a la cocina.

Para su sorpresa, sin embargo, se topó con Xandro allí de pie, de espaldas a ella, sirviéndose un café y vestido únicamente con unos pantalones de chándal. Se debatió entre la tentación de huir y la de quedarse donde estaba, admirando su musculosa espalda.

Xandro debía haberla oído llegar, porque primero giró la cabeza, y luego se volvió hacia ella. El calor que le había entrado al ver su espalda desnuda aumentó cuando tuvo ante sí ese pecho escultural.

—Veo que los dos estamos pagando el precio del jet lag —observó Xandro—. ¿Café? —preguntó levantando su taza.

Ella vaciló un momento, pero asintió con la cabeza. Sería una niñería salir huyendo.

—¿Fuiste tú quien me llevó del sofá a la cama? —le preguntó.

Xandro sacó otra taza para servirle el café, y a Sage le sorprendió ver que, de algún modo, sabía exactamente con cuánto azúcar le gustaba.

—Sí —respondió Xandro—. Ven aquí, no te voy a morder.

Sage se acercó y tomó la taza que le tendía mientras la miraba de arriba abajo y de abajo arriba.

—¿Por qué lo hiciste? —le preguntó.

—Te habrías despertado con dolor de cuello si te hubiera dejado en el sofá. Intenté despertarte, pero dormías como un lirón.

—Pues deberías haberlo intentado de nuevo. O haberme dejado allí.

—¿Y dejar pasar la oportunidad de desplegar mis alas de buen samaritano? Ni hablar.

Aunque había dicho esas palabras en un tono burlón, parecía irritado.

—¿Estás molesto por algo?

—Lo único que me molesta es pensar que por tu culpa James, mi mayordomo, podría haber perdido su trabajo.

Sage se quedó mirándolo confundida.

—¿De qué hablas?

Xandro apretó la mandíbula mientras volvía a mirarla de arriba abajo.

—Tienes suerte de que le hubiera dado la noche libre. ¿Tienes por costumbre pasearte por ahí medio desnuda? Lo habría despedido si llega a verte así —le espetó con aspereza.

—No me estaba paseando por ninguna parte —replicó ella frunciendo el ceño—; estaba en mi habitación.

Xandro apretó la mandíbula.

—Soy extremadamente posesivo, Sage. Hasta cuando se trata de una relación fingida.

Sage no supo cómo replicarle. Probablemente porque la voz ronca con que había pronunciado esas palabras había hecho que una ola de calor aflorara en su vientre.

Se tomaron el café en silencio, él con los ojos fijos en ella y la cadera apoyada contra la isleta central, y ella luchando por no reaccionar ante el descaro con que estaba mirándola. Cuando ya no pudo aguantar la tensión que se mascaba en el ambiente, rompió el silencio.

—¿Y se puede saber, para empezar, por qué entraste en mi habitación?

—Te dejaste esto en el salón —dijo Xandro metiéndose la mano en el bolsillo para sacar de él su móvil—. Sonó varias veces.

A Sage se le encogió el estómago.

—¿Ben?

Xandro asintió.

—¿Respondiste? ¿Hablaste con él?

Él volvió a asentir.

—¿Y qué te dijo?

Xandro esbozó una media sonrisa.

—Debía haber visto esas fotos nuestras en las redes sociales. Me confirmó que ya no estaba en Macao, se negó a decirme dónde está ahora, y me amenazó otra vez con descargar toda su ira sobre mí si volvía a ponerte un dedo encima.

Sage se abalanzó hacia el móvil, pero él levantó el brazo para quitarlo de su alcance.

–¿Qué haces? ¡Devuélveme mi móvil!

Xandro volvió a guardárselo en el bolsillo.

–Aún no. Estás demasiado alterada. Necesitas calmarte un poco antes de hablar con él.

Sage apretó la taza en su mano.

–No me digas cómo tengo que sentirme. Además, ¿no es lo que quieres, que hable con él para intentar averiguar dónde está?

Él se quedó callado un buen rato y sacudió la cabeza.

–No voy a seguir jugando con él al ratón y el gato. Te dejé muy claro que solo podrá escapar de mi ira si se entrega. Y en cuanto a ti, ya sé que idolatras a tu hermano, pero tienes que dejar esos sentimientos a un lado.

Ella lo miró indignada.

–¿Cómo te atreves?

–No hace falta ser un genio para saber por qué estás tan agitada: nos hemos besado, has disfrutado con ello y ahora te sientes culpable. No se te da muy bien ocultar tus emociones. Y sí, la gente hizo fotos y vídeos, y sé que no quieres que tu hermano se preocupe, pero, lo siento, cariño, no puedo permitir que le confieses nuestro acuerdo para aliviar ese sentimiento de culpa.

Que eso se le hubiera pasado por la cabeza no tenía importancia.

–Ya. Pues a ti se te darán muy bien este tipo de estratagemas, pero yo detesto tener que mentir.

–Bueno, pues deja que yo me ocupe –le dijo él. Puso su taza vacía en la encimera e hizo lo mismo con la de ella–. Ven conmigo.

—¿Adónde? —inquirió ella recelosa.

—Acabamos de tener la primera discusión del día y no son ni las cinco de la mañana —respondió Xandro—. Tenemos un largo día por delante, así que deberíamos contrarrestar este momento amargo con algo placentero. A menos que tengas algo en contra del placer —la provocó con un brillo travieso en los ojos.

Sage quería negarse, pero al final le pudo más la curiosidad. Xandro la condujo al salón, y se detuvo en un rincón donde se encontraban dos grandes ventanas. A sus pies aún brillaban las luces de neón de Las Vegas Strip, pero Xandro le señaló un punto en el horizonte entre dos hoteles.

—Observa —le susurró.

Durante unos segundos lo único que vio Sage era el gris pálido del cielo que precedía al amanecer, pero entonces el intenso fulgor rojizo del sol asomó tras las montañas, a lo lejos, dejándola sin aliento.

—Es precioso... —murmuró.

Los ojos de Xandro se encontraron con los suyos en el reflejo de ambos en la ventana y se quedaron mirándola un buen rato antes de contestar también en un murmullo:

—Sí que lo es.

Un escalofrío que no sabría explicar recorrió a Sage. Sentía que quería decir algo. Como darle las gracias por mostrarle aquel espectacular amanecer. Pero no fue capaz de encontrar la manera de decirlo sin parecer superficial o dejarle entrever las emociones que se agitaban en su interior. Y le resultaba imposible ignorar el efecto que estaba causando en ella el tenerlo medio desnudo a su lado.

–Te veo nerviosa –observó él al cabo de un rato.

–Yo... –comenzó Sage. Pero vaciló y optó por abordar el único tema del que podía hablar sin enfrentarse a los conflictivos sentimientos que la embargaban–. ¿Y si Ben nunca regresa?

Las facciones de Xandro se endurecieron, y se convirtió de nuevo en Alexandros Christofides, el magnate implacable y controlador que solo pensaba en recobrar una parte esencial de su pasado.

–Si no regresa significará que no le importas tanto como crees. Y yo pondré aún más ahínco en recuperar lo que es mío.

Capítulo 11

SUS PALABRAS dejaron helada a Sage, que se volvió hacia él con espanto.

—¿Piensas que soy frío y despiadado? —le preguntó Xandro, mirándola con los ojos entornados.

—¿Qué más da lo que piense de ti? Para ti no soy más que un peón en tu batalla contra Ben. Pero hay una cosa que querría que cambiara: ahora que has conseguido azuzar a mi hermano, ¿podemos poner fin a esta farsa? Me quedaré aquí, pero no más «exhibiciones» en público, si no te importa.

—Lo siento, pero no —respondió él sin piedad—. Nuestro acuerdo seguirá en vigor hasta que haya recuperado lo que tu hermano me robó.

—Mira, Xandro, no me he esforzado durante todos estos años para que la gente piense que he conseguido una plaza en la compañía de danza por acostarme contigo.

Xandro enarcó una ceja.

—A lo mejor el que te asocien conmigo acaba beneficiándote.

—Basándome en lo que sé de ti, lo dudo. ¿No es cierto que no sales con ninguna mujer más de unos meses?

Xandro apretó la mandíbula antes de encogerse de hombros.

–Independientemente de eso, te aseguro que el impacto que puedo...

–No quiero que tengas ningún impacto en mi vida.

–No seas ingenua. Vives en una ciudad en la que el tener buenos contactos lo es todo. Pase lo que pase siempre te quedará el consuelo de que esto no afectará negativamente a tu carrera.

–Perdona, pero no quiero esa clase de consuelo. Lo que quiero es poder irme a la cama por la noche sabiendo que no le debo nada a nadie, de que lo que he conseguido me lo he ganado.

–Y lo que yo quiero es llevarte a la cama. Y punto –masculló él con aspereza.

Ella se quedó mirándolo boquiabierta, aturdida por el deseo descarnado que reflejaba el rostro de Xandro, que sonrió divertido.

–Ahora que he logrado dejarte sin palabras, te diré algo más: tu hermano está metido en una espiral, y esto habrá terminado para cuando empiece la próxima producción de la compañía de danza. Además, los rumores sobre nosotros acabarán por disiparse. Pero, entretanto, no veo qué tendría de malo explorar a dónde puede llevarnos la atracción que hay entre nosotros.

–A ninguna parte. No nos llevará a ninguna parte –subrayó ella con firmeza.

Xandro se encogió de hombros.

–Ya veremos. Y ahora, si te parece, pondremos fin a esta discusión. Tengo cosas que hacer –le dijo.

Ya estaba alejándose cuando ella lo llamó.

–¿Y qué pasa con tu... con la mujer con la que sea que estás ahora? ¿Es que no le importa que hayas montado toda esta farsa conmigo?

Él se detuvo, giró la cabeza para mirarla y enarcó una ceja.

—¿Me estás preguntando si tengo a una mujer en la recámara, Sage? ¿Una mujer a la que no le importe que bese a otra en público?

Sage se encogió de hombros.

—Hoy día hay parejas para las que la fidelidad no es algo importante.

Las facciones de Xandro, que se había vuelto, se endurecieron.

—Para mí sí lo es. No, ahora mismo no estoy saliendo con nadie. Y si tú estuvieras con alguien, no te habría propuesto este acuerdo. ¿Has olvidado que no me gusta compartir?

A Sage el corazón le dio un vuelco. Xandro suspiró exasperado.

—¿Alguna cosa más?

—Sí. Llevo dos días sin ensayar. Me gustaría buscar algún estudio de danza en la ciudad donde poder hacerlo.

—Eso puedes hacerlo aquí —replicó él.

Sage parpadeó.

—¿Aquí?

—El ogro malvado ha pensado en todo —contestó él con humor—. Ven.

Empujada por la curiosidad, Sage lo siguió, y Xandro la llevó por el mismo pasillo que conducía a su dormitorio, pero se detuvo en la primera puerta y la abrió.

Era una sala muy amplia, sin amueblar, con suelo de madera. Miraba al este y el sol entraba a raudales por las ventanas, bañando la sala con su brillante luz.

En un rincón había una minicadena, y a su lado un pequeño sofá y una mesita baja.

Atónita, Sage siguió con la mirada a Xandro mientras se alejaba hasta la minicadena y la encendía con un mando a distancia. Una melodía del compositor cuya música solía usar en sus audiciones inundó la sala. No sabía muy bien por qué, pero el corazón le palpitó con fuerza al descubrir que Xandro sabía cuál era su música preferida.

–¿Algo más? –inquirió él.

Sage, incapaz de articular palabra, sacudió la cabeza. Él la observó un momento antes de abandonar la sala, y Sage miró de nuevo a su alrededor, sin poderse creer que hubiera hecho aquello por ella, hasta que finalmente desistió de intentar desentrañar esa nueva faceta de Xandro, y fue a cambiarse para empezar con sus ensayos.

No sabía cuánto tiempo llevaba bailando cuando llamaron a la puerta y entró James, el mayordomo, con una bandeja.

–Buenos días, señorita. El señor Christofides me pidió que le trajera el desayuno a las nueve –le explicó dejando la bandeja sobre la mesita. Había leche, café, huevos revueltos, beicon, panecillos, muesli y fruta–. También me pidió que le informara de que esta noche saldrán a cenar y de que van a traer unas cosas que ha encargado para usted a una boutique.

–¿Cómo?

James abrió la boca para repetirlo, pero Sage sacudió la cabeza.

–Perdone, le he oído –se disculpó–. Es que... Es igual. Hablaré con... –se quedó callada al darse cuenta de que no sabía cómo podría contactar con Xandro. Y aunque lo hubiera sabido, ¡no le había devuelto el teléfono!–. ¿Puedo ponerme en contacto con el señor Christofides de algún modo? –le preguntó.

–Me temo que no, señorita. Creo que hoy iba a estar reunido la mayor parte del día.

Horas después James volvía a llamar a la puerta para decirle que el pedido de la boutique había llegado. Sage lo siguió al salón, y se quedó de piedra al ver que lo que iban a ser solo «unas cosas» resultaron ser tres percheros con ruedas cargados de vestidos, blusas, chaquetas y pantalones, y un sinfín de cajas con zapatos y accesorios.

–Le diré a Nina, la doncella, que lo lleve todo a su vestidor –le dijo James–. Le llevaré el almuerzo dentro de quince minutos –añadió.

Después de comer Sage descansó un par de horas y luego regresó a sus ensayos hasta que, sobre las seis, el mayordomo volvió a interrumpirla.

–Perdone, señorita. El señor Christofides ha llamado para decir que llegaría un poco antes de lo previsto y que la espera abajo, en el vestíbulo, dentro de media hora.

Con los dientes apretados, Sage se contuvo a duras penas para no dar un portazo al salir del baño, donde acababa de ducharse. Acababa de descubrir que, sin duda para impedir un posible motín por su parte, Xandro había hecho que se llevaran del vestidor toda su ropa.

Nina, la doncella, le había confesado algo azorada,

tras insistirle, que Xandro le había dado instrucciones para que mandara su ropa a la lavandería, y que no sabía cuándo la tendrían lista. Así que, a menos que se pusiera unos pantalones de yoga y un maillot para la cena, no le quedaba otra que escoger algo de entre la ropa que Xandro le había comprado, pensó, apretando los dientes irritada. Se quitó el albornoz, descolgó de su percha un vestido de seda blanco simplemente porque le parecía el más fácil de conjuntar, y se hizo un moño porque con solo media hora para prepararse también era lo más práctico.

Con unos zapatos negros y un bolso negro de mano completó el conjunto. Luego se puso unos sencillos aretes de oro, un toque de maquillaje y de perfume, y con eso ya estaba lista.

Sage se mordió la lengua cuando el mayordomo le dijo que Xandro le había dado órdenes de que la acompañara al vestíbulo. Tomaron el ascensor, y al salir de él James le deseó que tuvieran una buena velada y se retiró.

Sage vio a Xandro de inmediato. Estaba hablando por el móvil, con una mano en el bolsillo mientras se paseaba de un lado a otro bajo un enorme tragaluz. En ese momento se giró, y al verla se paró en seco. Sage apretó el bolso en sus manos, levantó la barbilla y echó a andar hacia él.

Xandro murmuró algo a la persona con la que estaba hablando y colgó sin apartar sus ojos de ella. Cuando llegó junto a él, Sage abrió la boca para decir algo, pero él sacudió la cabeza y le dijo:

–Recuerda que no estamos solos.

Sage se calló, diciéndose con sarcasmo que debería sentirse agradecida de que no le hubiese ordenado que sonriese. Xandro la condujo fuera del edificio, donde sus guardaespaldas los flanquearon, conteniendo a los paparazzi, mientras se dirigían a la limusina. Sage trató de no exteriorizar su reacción cuando Xandro le puso una mano en la cadera, pero se estremeció por dentro al sentir el calor de sus dedos.

—El otro día te quedaste con mi móvil —lo increpó en cuanto estuvieron dentro del vehículo—. Y has hecho que se llevaran mi ropa.

Los ojos de Xandro brillaban de deseo mientras la recorrían de arriba abajo.

—Buenas noches a ti también, querida mía. Estás preciosa.

Sage ignoró aquel cumplido.

—No tienes el menor problema en difuminar la línea entre lo que está bien de lo que está mal, ¿no? —le espetó.

—Me pareció que sería más práctico proporcionarte ropa nueva que hacer que te enviaran la tuya desde Washington.

—Xandro, no...

Él resopló entre dientes y se apretó el puente de la nariz con el índice y el pulgar.

—Si vamos a empezar a discutir otra vez, ¿puedo servirme un trago por lo menos? —le dijo alcanzando un decantador para servirse un vaso de whisky que apuró de un trago.

Sage frunció el ceño.

—¿Ha ocurrido algo? —inquirió preocupada—. ¿Es que Ben...?

—¡No todo gira en torno a tu hermano! —exclamó Xandro. Soltó una risa seca y dejó el vaso en su sitio—.

¿Quieres saber qué me pasa? –dijo mirándola a los ojos–. Tú eres lo que me pasa. Tú, con ese vestido que hace que tus piernas parezcan aún más largas. Tú, ahí sentada, increpándome por haber tenido un detalle contigo, y fulminándome con esos ojos verdes tan increíbles, mientras se me dispara la imaginación por culpa de este deseo que me consume. Eso es lo que me pasa –le espetó.

–No... no puedes decirme esas cosas... –murmuró ella, sin poder evitar que le temblara la voz.

–Solo digo lo que pienso. Ya me conoces.

–Pero... yo creía que lo que estábamos haciendo...

Xandro cortó el aire con un golpe de su mano.

–Ese es el problema, cariño, que no estamos haciendo nada de nada y me siento horriblemente exasperado. Así que firmemos una tregua, dejemos de discutir a todas horas y sigamos sin hacer nada, ¿te parece?

Sage, que no sabía cómo responder a eso, asintió y se calló.

Aquello marcó la rutina de las dos semanas siguientes. Por la mañana desayunaban juntos y luego, durante el resto de la mañana y por las tardes, Sage ensayaba. Luego se ponía otro de aquellos elegantes vestidos, se reunía en el vestíbulo con Xandro y salían a cenar. Luego iban a un bar a tomar una última copa, o a un club nocturno donde bailaban temas lentos mientras él la besaba en el cuello y le acariciaba la espalda de un modo insinuante.

En cuanto se aseguraba de que alguien les había

hecho alguna foto, salían del local, se subían a la limusina y volvían a su suite del hotel, donde Xandro le daba las buenas noches con tirantez antes de retirarse a su estudio.

Aunque le había devuelto su móvil, Ben seguía sin llamarla, y como los hombres de Xandro le habían perdido la pista, parecía que habían llegado a un punto muerto.

Xandro, por su parte, no hacía otra cosa que trabajar. O eso, o pasaba el mayor tiempo posible fuera para evitarla. Por eso, cuando el domingo, a última hora de la tarde, llamaron a la puerta mientras ensayaba, pensando que sería James, el mayordomo, paró y respondió:

—¡Adelante!

Su sorpresa fue mayúscula al ver entrar a Xandro con dos botellines de agua. Llevaba puesta una camiseta negra, unos pantalones de chándal, e iba descalzo.

—James me ha dicho que llevas todo el día ensayando —le dijo.

Ella se encogió de hombros, y aceptó recelosa el botellín que le tendió antes de fijarse en que en la otra mano llevaba la mancuerna que le había pedido al mayordomo que le consiguiera.

—Cuando estoy ensayando pierdo la noción del tiempo.

—Sé que es meterme donde no me llaman, pero acabarás agotada si no bajas un poco el ritmo.

Algo cohibida por la fina capa de sudor que cubría su piel, fue por su toalla para secarse la cara y el cuello.

—Solo iba a ensayar un rato más.

–Pero le habías pedido esto a James –dijo él levantando la mancuerna–. ¿Qué te pasa en la muñeca? –preguntó señalándola con un movimiento de cabeza–. Y no me digas que nada porque te he visto frotándotela más de una vez.

–No afecta a mi rendimiento –se apresuró a decir ella.

–Yo no he sugerido lo contrario. Pero aun así quiero saberlo –insistió Xandro. Dejó la mancuerna sobre la mesita y volvió junto a ella. Le tomó la mano y le acarició la muñeca con el pulgar–. ¿Una antigua lesión?

Aquellas leves caricias hicieron que una chispa prendiera en el vientre de Sage, que asintió con la cabeza.

–¿Cómo te la hiciste?

Sage torció el gesto.

–Ocurrió cuando estaba en el instituto. Todo empezó porque, por raro que pueda parecer, desperté la envidia de las chicas más populares de mi clase, que no eran precisamente simpáticas.

Aunque los dedos de Xandro apenas le rozaban la piel, el cosquilleo que le producían aquellas caricias estaba extendiéndose por todo su cuerpo.

–No tiene nada de raro. La gente suele envidiar a quienes tienen belleza y talento.

Sage hizo una mueca.

–Yo no era nada guapa; era toda brazos y piernas, y de lo más desgarbada.

–Pues entonces esas chicas verían tu potencial y por eso te tendrían envidia. Un talento como el tuyo es algo innato.

—Mis padres no pensaban lo mismo —replicó ella con una risa amarga—. El que tuviera problemas en el instituto y esa lesión no hizo sino que se reafirmaran en su opinión de que mi pasión por la danza era una carga para ellos.

Xandro entornó los ojos.

—Esa es la verdadera razón por la que te distanciaste de tus padres, ¿no?, y no por vuestras discrepancias respecto al negocio familiar.

Sage bajó la vista.

—Sí, así fue cómo empezó —murmuró—. No me creyeron cuando les dijo que me estaban acosando en el instituto. Cada día durante tres años tuve que hacer frente a esas chicas. Al principio solo eran pullas desagradables, pero la situación empeoró cuando me apunté a la clase de danza. Entonces su acoso se volvió... físico. Comenzó por chiquilladas, como un empujón en un momento dado, o ponerme la zancadilla para hacerme caer —se quedó callada e inspiró temblorosa—. Cuando la profesora me escogió para interpretar el papel de Odette en la representación de *El lago de los cisnes*, Darcy, la líder del grupo, se puso furiosa porque quería que se lo hubieran dado a ella. Su banda y ella me acorralaron en los servicios. Nos... peleamos y Darcy me rompió la muñeca.

Xandro soltó un improperio entre dientes.

—¿Y se lo contaste a tus padres?

Sage asintió, dolida por aquel recuerdo, y se preguntó por qué estaba contándole todo aquello.

—Creyeron que me lo estaba inventando.

Xandro bajó la vista a su muñeca, que ahora sostenía entre ambas manos, y trazó con los dedos las delicadas venas que corrían bajo la piel, avivando las llamas en su interior.

—Pero te llevarían a que te vieran la muñeca, ¿no?

Las lágrimas se le agolpaban en la garganta a Sage, que tragó saliva para contenerlas y sacudió la cabeza.

—No. No hacían más que posponerlo. Fue Ben quien me llevó a urgencias tres días después. Las radiografías que me hicieron de la muñeca mostraban tres fracturas.

Xandro resopló.

—¿Y aun así tus padres siguieron sin convencerse de que no les habías mentido?

—Mi madre me dijo que sentía que me doliera, pero no lo debía sentir mucho cuando el director la llamó por tres veces para que fuera a hablar con él por lo que había pasado, y ella se negó. Supongo que, como faltaba poco para que acabara mis estudios allí, pensaría que no era para tanto.

—Y esa lesión... ¿te dejó secuelas?

—No, es que... de vez en cuando tengo sensación de dolor, pero el médico me dijo que es lo que llaman «dolor fantasma», que no es real. Me pasa cuando estoy cansada o angustiada por algo.

—Y entonces, ¿por qué usas la mancuerna?

—Me ayuda a sentirme más fuerte, física y mentalmente.

Él alzó la vista y clavó sus ojos en ella.

—Ya eres fuerte: te sobrepusiste al acoso de esas chicas y a la oposición de tus padres.

Ella esbozó una sonrisa triste.

—Supongo que sí.

–Pues claro. No infravalores todo lo que has con- seguido –le dijo él–. ¿Qué pieza estás ensayando?

Melissa le había enviado tres coreografías la se- mana anterior; estaba ensayando la última.

–Se titula *Resistencia*.

–¿Puedo quedarme a mirar? –le preguntó él.

Aquello sí que no se lo esperaba Sage.

–Bueno, si quieres –contestó tímidamente.

–Sí que quiero; me encantaría.

El modo en que dijo esas palabras hizo que se le llenara el estómago de mariposas. Xandro le soltó la mano, y se hizo a un lado para sentarse junto a la pa- red y dejarle sitio.

Sage dejó sobre la mesita el botellín y la toalla, y fue a la minicadena para poner la melodía desde el principio. Cuando los primeros acordes invadieron la sala los nervios se apoderaron de ella, tal vez porque se sentía vulnerable después de haberle contado todos aquellos recuerdos tan dolorosos. Pero extendió los brazos en cruz, se dejó llevar por la música y empezó a bailar. Cuando se desvanecieron los últimos compa- ses y mantuvo la postura en el centro de la sala, Xan- dro se puso en pie y aplaudió con entusiasmo.

–Me alegra que decidieras no seguir el negocio de tus padres. porque eres una bailarina verdaderamente excepcional, Sage –le dijo con emoción–. No podía apartar los ojos de ti.

–Gra-gracias –musitó ella.

Xandro se acercó a ella, invadiendo su espacio per- sonal, pero esa vez Sage no se movió, ni le exigió que retrocediera.

–Me muero por volver a besarte –murmuró él.

–Xandro... No creo que sea buena idea... –protestó Sage.

Pero él dio un paso más y se inclinó hasta que sus labios estuvieron solo a un milímetro de los de ella.

–No pienses –le dijo con voz ronca–. Déjate llevar y bésame.

A Sage le parecía como si llevara una vida entera esperando a que volviera a besarla. Era como si tuviese la impresión de que su alma se marchitaría si no claudicaba y, antes de que se hubiese dado permiso para saciar el deseo que la consumía, se encontró rodeándole el cuello con los brazos.

Un segundo después comprendió que ya era tarde para cambiar de opinión, y cuando las fuertes manos de Xandro la agarraron por la cintura y sus labios se fundieron con los de él, dejó de resistirse. Solo era un beso; no era más que un beso.

Capítulo 12

LOS DEDOS de Xandro deshicieron ansiosos el moño de Sage, y se enredaron en su cabello pelirrojo, deleitándose en su tacto de seda antes de ladearle la cabeza para hacer el beso más profundo. Cuando despegó sus labios de los de ella, le susurró:

—No sabes cuánto te deseo.

Ella lo miraba jadeante, y Xandro habría sido capaz de no arrastrarla al piso de arriba, a su dormitorio, y hacerla suya sin más preámbulos, pero aquella inocencia que había vislumbrado en ella desde el principio lo hizo contenerse.

—¿Y tú?, ¿me deseas a mí? —le preguntó.

Los deslumbrantes ojos verdes de Sage se oscurecieron, e intentó apartar la vista, pero él la tomó por la barbilla para que lo mirara.

—Respóndeme —le insistió.

—No puedo... —replicó ella retrocediendo—. Esto no es buena idea.

—¿De verdad vas a negar que me deseas tanto como yo te deseo a ti? —le insistió Xandro, avanzando para acorralarla contra el ventanal que tenía detrás. Bajó la vista a sus labios, húmedos por el beso que acababan de compartir, y luego a su pecho, que subía y bajaba

agitado–. Seguir negándolo no hace más que frustrar-
nos a los dos. ¿Por qué no nos comportamos como
adultos?

–O sea, que estás sugiriendo que nos dejemos llevar,
como quien se rasca para aliviar un picor repentino, y
que mandemos a paseo lo que de verdad importa –lo
increpó ella–. No, Xandro, yo no me dejo llevar por
mis hormonas. ¡Si ni siquiera nos gustamos! –le espetó–. Tú eres de lo más autoritario y controlador.

–Y tú tan leal que acabas cegándote y haciéndote
daño. Los dos tenemos nuestras faltas, pero yo estoy
dispuesto a ignorarlas para experimentar este fuego
abrasador que hay entre nosotros. Quizá tú también
deberías planteártelo. Quizá, solo por esta vez, podrías hacer lo que de verdad te apetece, y sí, mandar
todo lo demás al diablo. ¿O es que no tienes valor
para hacerlo?

–No puedes retarme a acostarme contigo.

Nunca había tenido que negociar tanto para conseguir algo.

–Lo que estoy haciendo es retarte a que te des permiso para hacer algo que deseas y que te dará placer.

Sage sacudió la cabeza, pero él se inclinó y la besó
suavemente, tentándola sin piedad.

–Tócame... –le suplicó.

Ella alzó la barbilla en ese gesto tan adorable de
desafío que lo volvía loco.

–No puedes obligarme a hacerlo.

Con una sonrisa lobuna, plantó las manos contra el
ventanal, a ambos lados de la cabeza de ella.

–No me voy a mover de aquí, Sage. Puedes to-
carme, o besarme, o puedes irte. Tú decides.

–Eso es jugar sucio.

–Lo sé. Pero si te sirve de consuelo, te diré que nunca había deseado nada tanto como te deseo a ti en este momento.

Cuando Sage le puso una mano en el pecho, le pareció la mayor de las bendiciones, pero ese gesto le hizo querer más: quería que lo estrechara entre sus brazos, quería que lo besara, quería sus piernas en torno a su cintura, apretándole con fuerza... Pero se quedó quieto, mirándose en los ojos tormentosos de Sage, y cuando esta subió la otra mano a su pecho se le encogió el estómago de expectación. Luego las manos de ella empezaron a subieron y bajar lentamente por su pecho, y Xandro la observó, curioso y excitado por su inocencia. No estaba preparado para lo que ocurrió a continuación, cuando Sage se inclinó hacia delante y lo besó en el cuello. Las rodillas le flaquearon, y apretó los puños contra el ventanal.

–Me estás volviendo loco, Sage... –murmuró.

Ella le mordisqueó suavemente el cuello, arrancándole un gruñido de excitación que la hizo levantar la cabeza y sonreír con picardía. Xandro entornó los ojos.

–¿Disfrutas llevando las riendas? –le preguntó.

Por toda respuesta Sage inspiró temblorosa, le puso una mano en la nuca y lo agarró por el cabello para atraerlo hacia sí. Sus labios se unieron de nuevo en un fogoso beso. Sage abrió la boca, y la lengua de Xandro tomó posesión de ella sin piedad. Incapaz de aguantar ni un segundo más sin tocarla, la asió por la cintura para sujetarla contra el ventanal, y continuaron besándose como animales hambrientos.

Xandro recorrió con las manos su deliciosa figura, redescubriendo las curvas que tantas veces había explorado en su imaginación. Tomó sus voluptuosos senos, y frotó los endurecidos pezones con los pulgares. Sage dio un respingo, y gimió contra sus labios.

–Xandro... –jadeó cuando separaron sus labios.

Él apoyó su frente en la de ella.

–¿Por qué será que me excita tanto cómo dices mi nombre?

Sage abrió mucho los ojos, y sus mejillas se tiñeron de rubor. Xandro se inclinó para besarla de nuevo, y el deseo volvió a estallar entre ellos, con la fuerza de un volcán en erupción. Sage le echó los brazos al cuello de inmediato, y él la asió por las caderas para levantarla del suelo.

–Rodéame con las piernas –le dijo.

Tardaron más en llegar a su dormitorio de lo que había pensado, sobre todo porque tuvo que pararse varias veces a besarla y acariciarla, impaciente por saciar su hambre de ella. Para cuando cerró la puerta tras de sí de un puntapié se sentía al borde de la locura. La empujó sobre la cama y quedó encima de ella.

–Te he imaginado tantas veces así, con la melena desparramada sobre mi almohada, y tu hermoso cuerpo debajo del mío... –murmuró, enredando los dedos en su cabello rizado–. Y aquí estamos... –añadió, inclinándose para besarla de nuevo.

Como Sage seguía con las piernas en torno a su cintura, solo tuvo que inclinarse un poco para alojar su miembro erecto entre sus muslos.

A pesar de las varias capas de ropa que los separaban, el calor de Sage lo envolvió, empujándolo un poco más hacia el límite de su resistencia. Al sentir que se le escapaba el control, se apartó de ella y se sentó sobre los talones.

—Te quiero desnuda —murmuró.

A Sage se le cortó la respiración, y Xandro vio un atisbo de aprensión en sus facciones. Tomó sus manos y le besó los nudillos antes de colocarlas sobre sus muslos.

—No va a pasar nada que tú no quieras que pase, preciosa.

—Yo también te deseo.

Unas palabras tan simples... Y a la vez tan poderosas... Xandro sintió que el control empezaba a escapársele de nuevo, y se quedó paralizado un instante antes de reaccionar. Se sacó la camiseta por la cabeza, le quitó también a ella la suya, y el rubor de Sage se intensificó cuando admiró con avidez su piel, dorada por el sol.

Xandro enganchó los pulgares en la cinturilla elástica de sus pantalones de yoga y se los bajó con menos fineza de la que era habitual en él.

—Eres preciosa; me dejas sin aliento —murmuró.

Le desabrochó el sujetador de satén, dejando sus pechos libres, y se abalanzó sobre ellos con un ansia muy poco sofisticada. Lamió sus dulces pezones, deleitándose con sus gemidos mientras Sage arqueaba la espalda y le clavaba las uñas en la espalda.

—Xandro... —jadeó, más impaciente con cada uno de sus lametones.

Él cerró los ojos, y se centró en los gemidos de Sage y en su aroma. Soltó el pezón que estaba succionando, deslizó la mano por su suave estómago y siguió bajando hasta llegar al elástico de sus braguitas. Sus dedos buscaron ansiosos el punto más íntimo de su cuerpo y, en cuanto lo tocó, Sage empezó a arquear las caderas. Ávido de más reacciones desinhibidas como esa, dibujó círculos con el pulgar, haciendo más presión, mientras deslizaba los labios por su vientre.

–Entrégate a mí, preciosa... –murmuró contra su piel.

Sage no podía creer que fuera posible experimentar tanto placer sin estallar en llamas. Ni podía creerse que estuviera en la cama de Xandro, gimiendo de aquel modo tan desvergonzado. Sabía que aquello era un error del que se arrepentiría por la mañana, pero es que era tan increíble...

Gritó de placer cuando los dedos de Xandro incrementaron la deliciosa presión que estaban haciendo entre sus muslos y le clavó las uñas en la espalda. Él gimió, farfulló algo incomprensible, y un momento después le quitaba las braguitas para reemplazar a sus dedos con la boca. Sage levantó la cabeza de la almohada con las mejillas ardiendo.

–Xandro, no... Yo...

Pero él no se detuvo, y la arrolló una ola de placer tras otra con cada lametón de su lengua. Cerró los ojos. Los minutos corrían, y al cabo llegó al orgasmo, que vino acompañado de un estallido de luz bajo sus párpados que se disipó lentamente mientras sus jadeos iban reduciéndose a una respiración entrecortada.

La boca de Xandro ascendió, beso a beso por su cuerpo.

–Eres increíble... –murmuró con voz ronca contra la comisura de sus labios.

Sage se estremeció cuando lo oyó rasgar el envoltorio de un preservativo. Abrió los ojos, y se encontró con Xandro, en toda su magnífica desnudez, encorvado sobre ella.

La fiereza de su mirada volvió a robarle a Sage el aliento que apenas acababa de recuperar. Xandro cerró una mano sobre su pelo, la otra la plantó en su cintura y, sin apartar sus ojos de los de ella, la penetró de una certera embestida.

El grito de placer de Sage se fundió con el ronco gruñido de él. Cuando estuvo enterrado por completo en su interior, los dos se quedaron muy quietos, como si necesitaran un instante para asimilar la trascendencia de ese momento. Luego Xandro empezó a moverse, y las increíbles sensaciones que se apoderaron de ella no eran comparables a nada que hubiera experimentado hasta entonces.

Xandro masculló algo en griego, acariciándole el cuello con su cálido aliento mientras seguía moviéndose. Incrementó el ritmo de sus caderas y Sage se aferró a él con el corazón latiéndole con tanta fuerza que parecía que quisiera salírsele del pecho. Y entonces, cuando ya pensaba que aquello no podría ser mejor, Xandro deslizó una mano por debajo de ella, levantándole las caderas, y el placer se volvió todavía más intenso.

–Me encanta sentir cómo tiemblas debajo de mí. Eres mía... Toda mía... –le susurró con voz ronca al oído.

Al alcanzar el orgasmo, Sage cayó por el precipicio del éxtasis con un grito que desató también el clímax de él, y un sinfín de oleadas de placer los sacudieron a ambos. Xandro se derrumbó sobre ella y se quedaron así, abrazados el uno al otro, sudorosos y jadeantes.

Debía haberse quedado dormida, porque cuando volvió a abrir los ojos Xandro estaba inclinado sobre ella, jugando con su pelo.

—Necesito que me distraigas de algún modo, preciosa, porque la bestia que ruge en mi interior, diciéndome que vuelva a hacerte mía, está a punto de imponerse sobre esa otra parte de mí, más racional, que sabe que necesitas un pequeño descanso.

Cuando Sage se sonrojó, Xandro gruñó y hundió el rostro en su cuello.

—Esa reacción tuya tan candorosa no se puede decir que ayude mucho.

Sage quería ceder al deseo, pero también ansiaba saber un poco más acerca de Xandro, rascar un poco más la superficie.

—Podrías hablarme de Ayia Hera —le sugirió.

Xandro se puso tenso.

—No me refería a esa clase de distracción —le dijo apartándose de ella.

Dolida, Sage se tapó con la sábana.

—No me gusta que te escondas de mí —protestó él, arrancándole la sábana.

—Pues no te comportes como un ogro —replicó ella, pero dejó que la atrajese hacia sí.

Xandro suspiró.

—¿Era demasiado esperar que hubieras olvidado que lo había mencionado?

—Es que me impactó que compararas el color de mi pelo con las puestas de sol en ese lugar.

—En realidad solo contemplé una puesta de sol en Ayia Hera, hace diez años. Solo estuve un día allí, porque es el lugar donde vive el hombre que me engendró.

Sage frunció el ceño.

—Pero si me dijiste que no te quedaba ningún pariente vivo...

—Y así es. Aunque sea mi padre, para mí está muerto —masculló él.

—Entonces, ¿por qué pareces dolido cuando hablas de él?

Xandro la miró irritado.

—Deja de psicoanalizarme.

—Tú no te cortas cuando se trata de sacarme defectos o de intentar que te revele mis secretos.

Xandro apretó la mandíbula y fijó la vista en el techo.

—Está bien. Te dejaré ganar por esta vez con tal de tener la fiesta en paz. Pero cuando haya terminado de contarte esa condenada historia voy a volver a hacerte el amor, así que prepárate.

Capítulo 13

ANTES de que yo naciera, mi familia llevaba cuatro generaciones viviendo en Ayia Hera. Es un pueblo grande que está en una isla al sur de Skiathos. Como ocurre en la mayoría de los pueblos, había una familia que era prácticamente la dueña del lugar, los Theakopolous. Daban trabajo a casi el noventa por ciento de los habitantes, y no solo lo controlaban todo, sino parece que también a las autoridades locales.

Sage apoyó la barbilla en su pecho, y le preguntó:

—¿Y qué ocurrió?

—Mis abuelos trabajaban para ellos: ella como cocinera, y él como chófer. Los Theakopolous tenían un único hijo, junto al que se crio mi madre. Nadie imaginaba que pudiera surgir nada entre ellos. Mi madre era la hija de la cocinera y el chófer de la familia; jamás sería lo bastante buena para su hijo. Además, a él lo comprometieron con otra chica a los veintiún años, pero no por eso se privó de divertirse a su antojo.

—¿No... no forzaría a tu madre? —inquirió ella preocupada.

Xandro la miró brevemente.

—No, hasta donde yo sé fue consentido, un desliz de una noche sobre el que los padres de él podrían haber echado tierra... si no hubiera sido porque mi madre se quedó embarazada. Mi madre era joven e ingenua, pero eso cambiaría pronto, porque ni él se le declararía como esperaba, ni recibiría ningún apoyo por su parte. De hecho, cuando reunió el valor suficiente para decir que estaba embarazada, él negó ante mis abuelos y sus padres que el bebé fuera de él.

Sage, que estaba acariciándole el pecho, se detuvo.

—¿Y qué pasó?

—Los padres de su prometida se enteraron y amenazaron con anular el compromiso. Mis abuelos se ofrecieron a abandonar el pueblo con mi madre para evitar el escándalo, pero parece que para los Theakopolous no era suficiente que desaparecieran sin hacer ruido, y decidieron que por ese desliz de una noche mi familia debía caer en la más absoluta desgracia —Xandro hizo una pausa y apretó los labios—. Al día siguiente desaparecieron varias joyas en casa de los Theakopolous.

—¿Y acusaron a tu madre del robo?

Él sacudió la cabeza.

—A mis abuelos. Ellos defendieron su inocencia, pero se encontraron las joyas entre sus cosas.

—¿Les habían tendido una trampa para incriminarlos?

—Está claro que sí —respondió él con ira contenida.

—¿Todo eso solo para negar lo que había hecho su hijo?

—Y les funcionó. Si mis abuelos lo hubieran señalado públicamente por haber dejado embarazada a su hija, ¿quién los habría creído, ahora que habían sido acusados de ladrones?

—Dios mío...

Xandro apretó la mandíbula.

—Mi madre solo tenía dieciocho años. Si hubieran metido a mis abuelos en la cárcel, no habría podido criarme sola, y la gente habría murmurado sobre ella toda su vida si se hubieran quedado en el pueblo, así que decidieron marcharse. En mitad de la noche, con poco más que lo puesto. Siempre me pregunté por qué no habían regresado para limpiar su buen nombre cuando yo ya hubiera sido lo bastante mayor, pero mi abuelo me había prohibido mentar ese asunto y mi abuela lloraba cuando yo preguntaba por Ayia Hera. A los nueve años descubrí una caja entre el armario de mi madre, una caja de terciopelo que tu hermano me robó. Contiene un collar de rubíes que pertenecía a los Theakopolous.

—¿Se lo había quedado tu madre?

—No. Lo encontró entre sus cosas al abrir la maleta cuando llegaron a Nueva York. No sabe cómo pudo llegar allí.

—¿Crees que pudo ser cosa de tu padre, que fue su manera de intentar enmendar el daño que le había causado a tu madre? —inquirió Sage.

—Yo le hice esa misma pregunta hace diez años, cuando fui a verlo. Fui tan estúpido que una parte de mí quería creer que tenía un mínimo de decencia.

—¿Y qué te dijo?

—No tenía ni idea de qué le estaba hablando. Jamás llegamos a saber cómo había llegado el collar a la maleta de mi madre, pero si hubieran intentado devolvérselo a los Theakopolous habría vuelto a incriminarlos, así que decidieron conservarlo a modo de recordatorio de lo que les había pasado. Yo solía detestar ese collar. Mi madre se pasaba horas mirándolo y llorando. Nunca me contó por qué. Fue mi abuela quien acabó explicándomelo, pasados unos años.

—Pero para ti sí llegó a significar algo, ¿no?

¿Por qué si no habría hecho todo lo que había hecho para intentar recuperarlo?

—No son todo malos recuerdos. A mi madre le gustaba mucho y la hacía feliz tener algo bonito que ponerse. Lo lucía en todas las celebraciones —le explicó él—. A mí me empujó a luchar por tener éxito en la vida, porque quería poder comprarle más cosas bonitas como aquel collar a mi madre.

—¿Pero?

La expresión de Xandro se tornó sombría.

—Antes de conseguirlo tuve unos comienzos bastante malos. A los dieciséis entré a formar parte de una banda callejera, y a partir de ahí entré en una espiral y las cosas fueron en picado. Acabaron mandándome a un reformatorio, y cuando salí mi madre decidió que empeñáramos el collar de rubíes para intentar cambiar nuestra situación, para darme una oportunidad. Usé parte del dinero que nos dieron para que la banda nos dejara en paz a mi madre y a mí, y con la otra parte me matriculé en la universidad, me licencié en Empresariales y descubrí que trabajando honradamente podía ganar dinero, y que eso no estaba tan mal —esbozó una media sonrisa—. Era una sensación adictiva, así que seguí esforzándome y con el tiempo logré ahorrar el dinero suficiente para recuperar el collar.

Se quedó callado un buen rato, y Sage carraspeó antes de preguntarle:

—¿Y qué pasó con tu padre? Dices que fuiste a verle hace diez años.

–Sí, después de que mi madre muriera. Nuestro encuentro no duró más que cuarenta y cinco minutos. Desde entonces no he vuelto a verle, ni tengo intención de hacerlo –Xandro se incorporó y se quedó sentado en el borde de la cama–. Tras la muerte de mi madre descubrí que ella le había mandado varias cartas a lo largo de esos años, hablándole de mí. Él no le contestó a ninguna. Y jamás trató de buscarme. Dejó embarazada a mi madre y se desentendió por completo de ella y de mí.

–¿Cuarenta y cinco minutos? Pero antes has dicho que te quedaste un día entero en Ayia Hera...

Una sonrisa de amarga satisfacción asomó a los labios de Xandro.

–Descubrí que a mi padre no le habían ido bien las cosas. La prometida por cuya causa había arruinado la vida de mi familia se había divorciado de él, dejándolo sin blanca. A través de mis abogados compré por una cantidad irrisoria todo lo que poseía, incluida la preciada mansión de su familia, que convertí en el único hotel de tres estrellas de mi cadena. No se merecía las cinco estrellas.

Al oír cómo se había vengado de su padre a Sage se le escapó un gemido ahogado. A Xandro no se le veía avergonzado en absoluto.

–¿Te parezco cruel por lo que hice? Era un cobarde que condenó a mi madre a una vida miserable porque él no quería complicaciones. Puede que lleve su sangre, pero eso es todo lo que nos une. Lo tengo muy claro.

–Comprendo –murmuró ella. Y al cabo de un rato añadió–: Siento lo del collar. Ahora sé que para ti es un símbolo de todo lo que has conseguido.

Xandro frunció el ceño.

–¿Cómo?

–¿No es por eso por lo que estás tan desesperado por recuperarlo?

Él continuó mirándola, como aturdido, y de pronto se levantó y fue hasta la ventana. Sage, que podía sentir su zozobra, se incorporó, tapándose con la sábana, y se preguntó si no lo habría presionado demasiado cuando lo vio pasarse una mano por el cabello.

–Antes creía que sí... –murmuró girándose hacia ella. Luego volvió a quedarse callado y frunció otra vez el ceño.

–¿Qué ocurre? –inquirió Sage.

Xandro apartó la vista.

–Es que... no es solo por eso; ese collar es lo único que me queda de mi madre.

Esas palabras le encogieron a Sage el corazón.

–Lo siento –musitó de nuevo.

Xandro asintió con la cabeza, pero no alzó la vista hacia ella, y aunque Sage tuvo la impresión de que había algo que se le escapaba, decidió que sería mejor no insistir.

Xandro volvió a la cama y se inclinó, apoyando las manos en el colchón, a ambos lados de ella, y la frente contra la suya.

–Algo me dice que otra vez estás pensando demasiado –murmuró antes de besarla–. No es bueno pensar tanto.

Volvieron a meterse en la cama y Sage, que aún no había quedado saciada de las increíbles dotes de Xandro en la cama, lo rodeó con sus brazos. «Solo unas horas más...», se prometió.

Capítulo 14

PERO lo que ocurrió ese día se convirtió en costumbre, y Sage acabó «mudándose» al dormitorio de Xandro. Un día él le dijo que había decidido sacar tiempo de su apretada agenda para estar con ella, y la animó a hacer lo mismo. Un día la llevó de excursión al Gran Cañón en helicóptero, y otro la convidó a una cena para dos a la luz de las velas en un exclusivo viñedo en el valle de Napa.

Sin paparazzi a la vista, aquellos momentos se le antojaban distintos, casi... especiales. Lo suficiente como para olvidarse del temor de que estaba dejándose llevar demasiado cuando, bajo un manto de estrellas y a la luz de las luciérnagas le contó más historias de su pasado, sobre su madre y sus abuelos y el amor que habían tenido por la música, y que él había heredado.

La sorprendió gratamente descubrir que compartían esa pasión, y el pensar que tal vez se había equivocado al dar por hecho que había comprado la compañía de danza solamente como un medio para conseguir recuperar el collar.

Pero fue bailando con él entre las vides, ansiando que aquella noche no terminase jamás, y que hubiese otras como aquella, cuando se dio cuenta verdaderamente de hasta qué punto se estaba dejando llevar.

Xandro estaba chantajeándola, manteniéndola prisionera hasta que consiguiera doblegar a su hermano. Y, sin embargo, aun sabiendo que no era más que un peón para él, no sabía cómo recobrar el control que sentía que se le estaba escapando por momentos.

Eso le quitaba el sueño de tal modo, que durante la semana siguiente empezó a despertarse antes del alba y, como no conseguía volver a conciliar el sueño, se levantaba y se iba al ventanal del salón a ver amanecer.

Y allí estaba ese día cuando Xandro apareció detrás de ella.

—Otra vez me despierto y me encuentro con que te has escapado —murmuró con voz soñolienta, y un tono un tanto irritado.

El corazón le dio un brinco cuando se acercó y la hizo volverse para atraerla hacia sí. Luego, muy despacio, le desanudó la bata.

—Antes de que lo des por hecho, no lo hago por desafiarte —le dijo ella.

—Pero aun así me resulta molesto. Me duermo contigo entre mis brazos, y es donde espero encontrarte cuando me despierto.

Antes de que Sage pudiera responder su bata cayó al suelo. Xandro la asió por la nuca para tomar sus labios con un beso marcado por un deseo feroz teñido de frustración. Los eróticos movimientos de su lengua dentro de su boca y el modo en que sus manos comenzaron a masajear sus senos encendieron en su interior llamas que se extendieron por su cuerpo como el fuego por un campo cubierto de rastrojos. Cuando Xandro levantó la cabeza, le flaqueaban las rodillas y le faltaba el aliento.

—Pon las manos en el ventanal y no te muevas —le ordenó él.

Sage aspiró bruscamente.

—¿Qué?

—Haz lo que te digo —insistió él, casi retándola con la mirada.

Sage obedeció finalmente, con un cosquilleo en el estómago. Una de las manos de Xandro siguió masajeando uno de sus senos y jugueteando con el pezón, mientras la otra subía y bajaba por su costado.

—Tu piel parece de seda —murmuró maravillado—. Quiero besar cada centímetro de tu cuerpo.

—Xandro... —suspiró ella, temblorosa.

—Sí, cariño, lo voy a hacer.

Y tal como lo dijo, lo hizo, empezando por la nuca e imprimiendo pequeños besos a lo largo de su espalda, mientras sus manos expertas la acariciaban. Cuando sintió el aliento de Xandro en su sexo, abrió los ojos —aunque ni siquiera recordaba haberlos cerrado—, y sintió como si fuera a perder la cordura cuando le separó los muslos y empezó a devorarla con la lengua, haciéndola gemir y aullar de placer.

Y entonces Xandro volvió a levantarse y se colocó detrás de ella. Lo oyó romper el envoltorio de un preservativo y un momento después la agarraba por la cintura con sus fuertes manos.

—He estado soñando con tomarte así desde la primera mañana en que vimos juntos el amanecer —le dijo al oído con voz ronca.

Al verla sonrojarse, Xandro se rio suavemente, pero la risa se le cortó en cuanto la penetró. La fuerza de su embestida la levantó ligeramente del suelo, obligándola a ponerse de puntillas.

—¡Ah!

Con una mano temblorosa le apartó el cabello y la besó en el cuello antes de pegar su mejilla a la de ella.

—Cómo me gusta estar dentro de ti... —murmuró.

Permanecieron así, mejilla con mejilla, mientras Xandro, pegado a su espalda, tomaba las riendas, marcando el ritmo con el poderoso movimiento de sus caderas.

—¡Xandro!

—Entrégate a mí, preciosa... Déjate llevar —le dijo Xandro con voz ronca.

Sage alcanzó el clímax con un grito de placer y a él le sobrevino poco después. Soltó un intenso gemido y apretó el pecho contra su espalda mientras sus brazos le estrechaban con fuerza la cintura.

Sage agradeció que estuviera sujetándola porque las piernas apenas la sostenían. Todavía estaba intentando recuperar el aliento cuando notó una sensación cálida en el rostro. No le hacía falta abrir los ojos para saber que ya había salido el sol.

—Comparado con tu belleza, esta vista ha perdido su poder —murmuró Xandro, besándola en el hombro.

La sensación de que estaba adentrándose en una dimensión desconocida, en la que no era dueña de sí misma, llenó de temor a Sage, que se puso tensa.

—¿Qué ocurre? —le preguntó él.

—No necesito falsos cumplidos, Xandro.

Él se quedó callado un buen rato antes de apartarse de ella, y Sage sintió un vacío tremendo en su interior aun cuando la hizo girarse hacia él. Ella bajó la vista para rehuir su intensa mirada.

–¿Hay algo de lo que quieras que hablemos, Sage?

¡Sí!, habría querido gritar. ¡De todo! Para empezar, hacía siglos que no hablaban de Ben. Cuando le preguntaba si sus hombres tenían ya alguna pista sobre su paradero, Xandro le contestaba con un áspero no antes de cambiar de tema. Era el momento perfecto para volver a preguntarle, pero la parte de ella que no quería que aquello terminase hizo que en vez de eso respondiese:

–Es que prefiero dejar los cumplidos y las flores para después de las representaciones, eso es todo.

Xandro entornó los ojos.

–Comprendo –murmuró. La besó en los labios y le preguntó–: Si no es mucho pedir, ¿querrías ducharte conmigo?

«Dile que no. Recupera el control...», se dijo. Pero no lo hizo, sino que asintió y dejó que Xandro la condujera al cuarto de baño, donde se dieron una larga ducha antes de regresar a la cama, donde volvieron a hacer apasionadamente el amor. Minutos después Xandro salía del vestidor con un traje gris, una camisa blanca y una llamativa corbata.

–Nos vemos esta noche, antes de la fiesta –le dijo.

Sage se tensó.

–¿Qué fiesta?

–La fiesta que prometí a la compañía de danza. ¿Te has olvidado?

Sí, se había olvidado; por completo.

–Pasaré a recogerte a las siete –añadió Xandro.

Y tras decir eso se inclinó para besarla antes de marcharse, dejándola con un montón de nuevos problemas: Melissa, los coreógrafos, sus compañeros... A esas alturas todos sabrían que Xandro y ella no eran solo meros conocidos. El tiempo y la distancia habían hecho que aquello pasara a un segundo término en su mente, pero antes o después tendría que enfrentarse a ello. No podía eludirlo eternamente, ni esperar más para retomar su vida.

Iba siendo hora de que recobrara el control antes de que peligrara su carrera además de su corazón. Al levantarse de la cama vaciló, y la invadió una tremenda tentación de volver a acostarse y acurrucarse bajo las sábanas. No quería afrontar sus sentimientos. No, se dijo irguiéndose. Había dejado que aquello llegara demasiado lejos, pero se había acabado.

Se repitió esas palabras a lo largo de toda la mañana y por la tarde, después de almorzar, se fue de compras. No estaba dispuesta a ir a la fiesta con uno de los caros vestidos que le había regalado Xandro.

A las siete menos cuarto Sage inspiró nerviosa y se miró en el espejo mientras alisaba con la palma el vestido que se había comprado. Era corto, de color verde y sin mangas, y lo había complementado con un bolso de mano y unos zapatos de tacón negros. Estaba haciendo lo correcto, se repitió.

–James, por favor, dígale al señor Christofides cuando llegue que lo veré en la fiesta –le pidió al mayordomo cuando llegó al salón.

James disimuló su sorpresa y asintió. Y ella, hecha un manojo de nervios, bajó en el ascensor al Salón de Baile Sofía del hotel, donde iba a celebrarse la fiesta.

La entrada discreta que había esperado hacer no pudo ser porque Michael la vio de inmediato y corrió a darle una calurosa bienvenida, atrayendo todas las miradas sobre ella.

Mientras la conducía hasta el grupo, Sage se esforzó por mantener la sonrisa en los labios, aunque le flaqueó cuando oyó a dos bailarines cuchichear entre ellos sobre el hecho de que había acudido sola. Y no fueron los únicos.

Pero, mientras se ponía al día con sus compañeros, eludiendo las preguntas personales, seguía muy pendiente de la llegada de Xandro, y cuando este cruzó las puertas del salón con Melissa a su lado, Sage tuvo una revelación que hizo temblar el suelo bajo sus pies: ya era demasiado tarde para resistirse; se había enamorado de él.

Cada átomo de él, desde la coronilla de su pelo azabache, hasta la punta de los relucientes zapatos negros que llevaba, a juego con un impecable esmoquin, era lo que su estúpido corazón más deseaba: justo lo que jamás podría tener.

No podía apartar los ojos de Xandro, que se había detenido con Melissa en lo alto de la escalera. La copa de champán en su mano tembló un poco cuando pensó que jamás volvería a besar esos labios, ni a acariciar su cuerpo. Jamás volvería a tener a Xandro dentro de sí.

Lo vio pasear la mirada por el salón, buscándola con esos penetrantes ojos grises. En el último momento, sencillamente porque no podía dejar que viera en los suyos lo que ella acababa de descubrir, bajó la vista y se esforzó por componer su semblante.

Cuando el murmullo de las conversaciones se incrementó, supo que Melissa y Xandro habían bajado ya las escaleras para unirse a los demás. Por suerte entre los más de doscientos invitados había muchas personas ansiosas por hablar con Xandro, así que no le fue difícil rehuirlo durante la mayor parte de la velada.

Llegado el momento de los discursos, Melissa pronunció uno bastante largo, mentando en varias ocasiones a Xandro, y lanzándole a este cada vez una mirada.

Cuando le tocó el turno a él, su discurso fue más breve y se centró en su visión respecto al futuro de la compañía de danza. Recibió aplausos y se hicieron varios brindis. Luego se despejó el centro del salón para que los invitados pudieran bailar, y en medio del revuelo Sage se dio cuenta de que Xandro ya no estaba al lado de Melissa. Lo había perdido de vista.

Pero cuando de pronto una mano la agarró por el brazo supo de inmediato que era él, y con el corazón en la garganta se volvió, y sus ojos se encontraron. Parecía furioso.

—Podemos hablar aquí mismo, o podemos hacerlo fuera —le dijo, señalando con la cabeza las puertas abiertas de la terraza.

—O podríamos dejarlo estar —sugirió ella temblorosa.

Xandro apretó los labios.

—Escoge, Sage.

Ella obedeció, pero solo porque estaban atrayendo la atención de los demás, que era justo lo que quería evitar. Se giró sobre los talones y salió a la terraza. El corazón le dio un vuelco cuando lo oyó cerrar las puertas detrás de sí antes de hacerla volverse hacia él.

–¿Hay alguna razón para que hayas decidido bajar sin mí, y para que hayas estado evitándome hasta ahora? –la increpó.

«Porque temía estar enamorándome de ti. Y ahora sé que ya ha ocurrido».

Haciendo un esfuerzo por recobrar la compostura, Sage se encogió de hombros con una despreocupación fingida.

–Quería evitar llamar la atención, que es lo que estás consiguiendo al haberme arrastrado aquí fuera.

Él frunció el ceño, sumamente irritado.

–¿Crees que por mantener las distancias conmigo la gente no pensará que nos acostamos juntos?

–Baja la voz, por favor –masculló Sage.

Xandro dio un paso hacia ella, dándole a entender con la mirada que no tenía intención alguna de moderarse.

–Todas las personas que están aquí saben lo que hay entre nosotros, Sage.

–Está bien, tal vez lo sepan, pero después de esta noche sabrán también que lo nuestro se ha acabado.

Xandro se tensó y apretó los labios.

–¿De qué hablas?

Ella se estremeció por dentro y apartó la vista.

–Lo sabes muy bien. Ha llegado el momento de poner fin a esto.

–Vuelve a decir eso, y mírame a la cara cuando lo hagas.

Sage tragó saliva y se obligó a levantar la vista.

—Se ha terminado. Los dos sabemos que esto ni siquiera debería haber empezado.

Los ojos de Xandro se oscurecieron.

—¿Por qué, Sage? —la increpó—. Y quiero que me digas la verdad. Dime por qué esta mañana te dejé feliz y satisfecha en la cama, y ahora de repente me encuentro con... esto.

Ella sacudió la cabeza.

—Es muy sencillo: tengo que seguir con mi vida. No puedo quedarme aquí, fingiendo para siempre que soy tu amante.

Las facciones de Xandro se endurecieron aún más.

—Ya hace semanas que dejamos de fingir.

—Sea como sea, es hora de que me enfrente a la realidad. Hasta te niegas a decirme si tus hombres han encontrado a Ben o no...

—No, no lo han encontrado. Y teníamos un acuerdo.

El enfado y la frustración de Sage se mezclaron con un sentimiento de desesperanza.

—En nuestro acuerdo no entraba que yo renunciara a mi vida para siempre. Me planto.

No le quedaba otra. Era eso o arriesgarse a dejar que Xandro le rompiese el corazón.

Él se quedó callado una eternidad, escrutando su rostro con los ojos entornados.

—¿Estás segura de que esto es lo que quieres?

Sage irguió los hombros.

—Sé que puedes tomar represalias contra mis padres y contra Ben, cuando lo encuentres, pero sí, ya me he cansado.

Xandro asintió abruptamente.

–Muy bien. Entonces quiero que mañana por la mañana te hayas ido –le dijo en un tono gélido.

Sage había sabido que admitir que estaba enamorada de Xandro conllevaría un gran sufrimiento para ella, pero nada la había preparado para la angustia que experimentó en ese momento, al verlo volver dentro y alejarse, abriéndose paso entre los invitados.

Se sentía tan desolada, que permaneció allí al menos quince minutos antes de volver a entrar, y se dirigió hacia la salida tratando de pasar lo más inadvertida posible.

Vio a Xandro a lo lejos, charlando con Melissa, que tenía la mano en su brazo y se inclinaba hacia él al hablar. Sage apartó la vista al instante y se concentró en contener las lágrimas mientras recorría los últimos metros hasta la puerta del salón.

El pasillo que conducía a los ascensores estaba relativamente vacío, y logró llegar a la suite sin sucumbir a las lágrimas. Ya en el dormitorio de Xandro sus ojos rehuyeron la cama mientras recogía apresuradamente sus cosas y las metía en la maleta. Tras mucho insistirle, Nina había admitido que sí sabía dónde estaba su ropa y se la había devuelto.

Se puso unos vaqueros y una camiseta, y estaba poniéndose sus manoletinas cuando oyó abrirse la puerta tras de sí. Se dio la vuelta, con el corazón martilleándole contra las costillas, y se quedó mirando a Xandro, que estaba en el umbral de la puerta. Él bajó la vista a la maleta antes de mirarla de nuevo a ella.

–¿Tanta prisa tienes por alejarte de mí que vas a irte en mitad de la noche? –la increpó.

La idea de tener que pasar una sola noche más bajo el mismo techo que él se le hacía insoportable.

—No le veo sentido a prolongar esto.

Xandro apretó la mandíbula y resopló.

—Antes de que te vayas, quizá quieras enterarte de las últimas noticias que tengo de tu hermano.

Sage se quedó paralizada.

—¿Lo has encontrado?

—Sí. Acabo de saber que está en un hospital de Niza.

Un escalofrío recorrió a Sage.

—¿Qué le ha pasado?

Xandro, cuyas facciones no podían estar más rígidas, dio un par de pasos más hacia ella.

—Parece que anoche se vio envuelto en una pelea en un garito donde había estaba jugando a las cartas.

—¿Pero está bien?

—Tiene dos costillas rotas, puede que también una fractura en la mandíbula y un ojo morado –respondió él–. He dado órdenes para que preparen mi jet privado. Nos vamos a Niza.

—¿Quieres que vaya contigo?

Xandro apretó los labios.

—Tu hermano podría mostrarse reacio a decirme qué ha hecho con el collar si no vienes conmigo.

—Gracias –murmuró Sage.

Cuando Xandro volvió a hablar, su tono era aún más frío y distante; nada que ver con el hombre con el que había bailado bajo el sol de California.

—Salimos dentro de una hora.

Capítulo 15

QUÉ ESTÁ diciendo? –quiso saber Sage, impaciente, mientras el médico le soltaba una larga parrafada a Xandro en francés.

Xandro la ignoró y le hizo otra pregunta al facultativo en su idioma.

–¿Dónde está Ben? –insistió ella.

Cuando el médico hubo terminado de responderle, Xandro miró a Sage irritado.

–Parece ser que decidió darse el alta a sí mismo.

–¿Han dejado que se vaya? –chilló ella.

Él volvió a mirarla con severidad.

–Es un adulto. No podían retenerlo aquí contra su voluntad.

Sage se esforzó por reprimir la ansiedad que estaba apoderándose de ella.

–¿Pero qué pasa con sus lesiones? Pregúntale cómo estaba antes de irse. Por favor.

Xandro apretó los labios.

–Lo creas o no, es la primera pregunta que le he hecho. Su vida no corre peligro. A menos que no le dé por meterse en alguna otra pelea.

–Ay, Dios...

Las facciones de Xandro se suavizaron ligeramente.

–Lo encontraremos –la tranquilizó.

Le dio las gracias al médico y la condujo fuera del hospital, donde los esperaba el coche de lunas tintadas que los había llevado hasta allí. Detrás estaba estacionado otro donde viajaban los guardaespaldas de Xandro.

Cuando se hubieron subido al vehículo, Sage le preguntó:

–¿Adónde vamos?

–Hemos rastreado su móvil hasta Mónaco –respondió Xandro–. Tengo algunas ideas de dónde puede estar.

Xandro se inclinó hacia delante y escudriñó el exterior a través del parabrisas. Sage miró fuera también, y el alma se le cayó a los pies cuando se detuvieron en aquel callejón, frente a un tugurio de mala muerte. Dos hombres fornidos vestidos con ropa oscura flanqueaban la puerta de entrada. Xandro se volvió hacia ella.

–Tú quédate en el coche –le dijo.

–¡No, por favor! Tengo que ver a Ben...

Xandro apretó la mandíbula.

–Lo verás cuando lo saque de ese antro. Y no voy a ceder en esto.

No le dio tiempo a responder. Abrió la puerta, le hizo una señal a uno de sus guardaespaldas y entraron en el local.

Los siguientes veinte minutos fueron los más largos de toda su vida. Aguardó otros cinco y entonces, incapaz de seguir allí sin hacer nada, se bajó del vehículo. Otro de los guardaespaldas se interpuso de inmediato plantándose delante de ella.

–Señorita, no puedo dejarla entrar ahí.

–Pero es que... necesito ir al baño –mintió.

El hombre la miró incómodo.

–Puedo hacer que el chófer la lleve a una cafetería o...

–No quiero parecer poco delicada, pero no creo que aguante tanto.

El guardaespaldas contrajo el rostro.

–Está bien. La acompañaré dentro; pero por favor no se aparte de mí.

El pestazo a tabaco y a alcohol barato la golpeó en cuanto entraron. Había media docena de mesas repartidas por el local, todas ocupadas por jugadores de cartas encorvados sobre el tapete. A los lados de aquel salón había cuatro salas más pequeñas, separadas por cortinas.

–Ahí están los servicios –le dijo el guardaespaldas, señalándole un cartel al fondo, a la izquierda.

Cuando se dirigían hacia allí, Sage vislumbró el perfil de Xandro a través del hueco de las cortinas de una de las salas laterales. Se paró y se volvió hacia el guardaespaldas.

–¿Podría pedirme algo de beber para cuando salga? Un botellín de agua con gas estaría bien.

El hombre accedió a regañadientes, y en cuanto se alejó hacia la barra ella fue hasta las cortinas. Estaba a punto de entrar, pero se detuvo al oír la voz de Ben.

–Si gano esta mano le devolveré su collar, pero a cambio quiero que me prometa que se mantendrá alejado de mi hermana.

–¿Y si gano yo? ¿Qué gran premio obtendré, aparte del dolor de cabeza que ha sido para mí en estas seis semanas? –inquirió Xandro resentido.

Sage contuvo el aliento.

–Lo que quiera. Hasta trabajaré gratis para usted todo el tiempo que quiera. Pero a mi hermana la deja fuera de esto. ¿Entendido?

Sage sintió una punzada al oír la risa áspera de Xandro.

–¿Me creería si le dijera que ya no tiene que preocuparse por eso? –le espetó–. Podemos poner fin a esto ahora mismo.

–¿Qué quiere decir? –inquirió Ben, receloso.

Se hizo un tenso silencio.

–Las cosas no han terminado como yo quería –respondió Xandro–, pero le doy mi palabra. Lo único que quiero es el collar. Si me lo devuelve podrá irse.

–No le creo. A usted le gusta correr riesgos, igual que a mí. Haremos el trato a mi modo. Solo así me fiaré de usted. ¿Estamos?

–Estamos –masculló Xandro.

A Sage el corazón se le hizo añicos. Xandro nunca le había ocultado sus intenciones, y aun así se había enamorado de él, del hombre que en ese momento estaba repartiendo las cartas que la arrojarían para siempre fuera de su vida. Apartó la cortina para entrar, y los dos se volvieron hacia ella. Xandro fue el primero en levantarse.

–¡Sage! ¡Te dije que te quedaras en el coche!

Ben también se levantó al ver que iba hacia ella y, aunque cojeaba, se interpuso entre los dos, agarrándose las costillas con un gemido de dolor.

–Aléjese de ella.

–No se meta en esto, Woods –le dijo Xandro sin apartar los ojos de ella.

–¡Y una mierda! Acabo de ganar la parti...

–¡Basta! –interrumpió Sage–. ¡Ya basta, Ben! Sabes que no me gusta que apuestes. ¿De verdad crees que esto es lo que quiero?

Su hermano parpadeó, probablemente porque nunca antes le había gritado.

–Sage...

–¡No! No quiero oírte quejarte más de que tu vida es un asco. ¿Qué ha sido del hermano que me ayudó a superar el acoso que sufrí en el instituto, que me instó a luchar por mis sueños y se puso de mi lado frente a nuestros padres? ¿Cómo has llegado a esto, Ben? No te reconozco.

–¿Y qué importa? –le espetó él encogiéndose de hombros–. Este tipo puede comprarse cien collares más como ese.

Ella resopló.

–No, no como ese. Y aunque pudiera, tú no eres un ladrón.

Ben bajó la vista, avergonzado. Se sacó algo de la cinturilla de los pantalones. Era un objeto alargado, liado en un trapo negro. Lo arrojó sobre la mesa.

–Me da igual lo que me pase a mí –le dijo a Xandro–, pero un trato es un trato.

Xandro inspiró tembloroso y alargó la mano hacia el objeto. Retiró el trapo, dejando al descubierto una caja de terciopelo marrón. Cuando la abrió, Sage vio como el dolor contraía sus facciones, pero toda emoción se borró de su rostro en el momento en que cerró la caja y volvió a ponerla sobre la mesa.

–Quiero renegociar –dijo mirándola a ella–. Con esto –añadió levantando la caja.

Sin embargo, fue Ben quien contestó.

—¡Ni hablar!

—Sé defenderme sola, Ben —lo interrumpió Sage—. Puedes hacer lo que quieras —le dijo a Xandro—, pero no formaré parte de esto.

Él dio un paso hacia ella.

—Sage...

Ella levantó la mano para detenerlo.

—No. Esto se acaba aquí. Ya tienes lo que querías. Me vuelvo a casa.

—Sí crees que voy a dejarte en este sitio, estás muy equivocada.

Ella se quedó callada, en rebeldía, temiendo que, si intentase decir algo, escaparan las lágrimas que se agolpaban en sus ojos y en su garganta.

Xandro se pasó una mano por el pelo.

—Además, tu hermano no debería viajar aún; son muchas horas de vuelo. Necesita cuidados médicos. Puedo pagarle la recuperación en una clínica privada.

—Te devolveré el dinero —respondió ella.

Xandro apretó la mandíbula.

—Si insistes.

—Insisto.

Con el corazón aún dolorido, tomó a Ben del brazo, conteniendo las lágrimas mientras se apoyaba en ella, y abandonaron el edificio. Estaba tan concentrada en no derrumbarse, que no se dio cuenta de que los hombres de Xandro habían subido a su hermano al otro coche hasta que este estaba ya alejándose.

—¿Por qué se van sin mí? —le preguntó angustiada a Xandro.

–Te reunirás con tu hermano muy pronto –respondió él–. Sube al coche.

Sage obedeció pero cuando los dos estuvieron sentados y se pusieron en marcha, mantuvo la vista al frente. Un tenso silencio reinaba entre ellos. Sage estaba al borde de la desesperación cuando una media hora después vio que estaban cruzando las puertas de una alta reja.

–¿Dónde estamos? –le preguntó a Xandro.

–En una de mis propiedades de Mónaco –contestó él.

–Creía que ibas a llevarme con Ben.

–Y lo haré. Cuando hayamos hablado.

–No veo que tengamos nada más que decirnos, Xandro.

Él arrugó el entrecejo.

–Puede que tú no tengas nada que decir, pero yo sí. Si no te importa.

Sage habría querido negarse para ahorrarse más dolor y poner fin a aquello de una vez por todas, pero en su mente se repetían las palabras que Xandro le había dicho a Ben: «Las cosas no han terminado como yo quería».

El coche se detuvo frente a una magnífica casona rodeada de árboles. Se bajaron, entraron en ella, y Xandro la condujo a un suntuoso salón que se asomaba a una piscina y unos hermosos jardines.

Xandro se volvió hacia ella.

–¿Por qué quieres acabar con lo nuestro?

A Sage se le encogió el corazón, pero hizo un esfuerzo para no exteriorizar su dolor.

–Ya te dije que...

—Sí, ya lo sé: que he estado chantajeándote y que, con razón, quieres recuperar tu vida —la interrumpió él irritado—. Pero ¿es esa toda la verdad? ¿No hay nada más?

La necesidad de confesarle sus sentimientos le quemaba la lengua.

—Si hay algo más, necesito saberlo —insistió él.

—¿Por qué?

—Porque yo también te he mentido.

Sage tragó saliva.

—¿Sobre qué?

—Te mentí cuando te dije que quería que te fueras.

Ella se estremeció por dentro.

—¿No querías que me fuera? —repitió en un hilo de voz.

Él se rio por lo bajo, como avergonzado, antes de llevarse una mano a la nuca.

—Es totalmente opuesto a lo que más ansío en el mundo: tenerte a mi lado. Lo deseo tanto que me duele el corazón. Ayer por la mañana te dejé en la cama tramando en mi mente como retenerte en Las Vegas conmigo. No podía imaginarme ver otro amanecer sin ti junto a mí. O no tenerte conmigo para discutir por todo.

Sage volvió a sentir que estaban a punto de saltársele las lágrimas.

—Entonces, ¿por qué hiciste ese trato con Ben?

—Porque quería sacarlo de allí, y era la manera más rápida de convencerlo.

—Me dolió oír que aceptabas lo que te estaba proponiendo. Mucho.

Xandro cerró los ojos un momento.

—Lo sé. A mí también me dolió decirlo. Pero no tanto como que quisieras poner fin a lo nuestro.

El corazón de Sage palpitaba con fuerza.

—Creía que lo único que querías era el collar.

—Hace semanas que no he pensado en él, Sage. Tenía la esperanza de que Ben siguiera huido para poder disponer de más tiempo contigo. Y esta noche... cuando volví a tener el collar en mis manos, supe que había llegado el momento de dejarlo ir. Siempre me acompañará el recuerdo de mi madre; el collar cumplió su función hace mucho tiempo. Me mostró lo que podía llegar a ser. Ahora solo quiero mirar al futuro. A tu lado, si aceptas volver conmigo.

—¿Y si no?

Su respuesta pintó las facciones de Xandro de desolación, pero luego su expresión se tornó resuelta.

—Soy un hombre muy cabezota, y extraordinariamente persuasivo. No dejaré de suplicarte que me perdones y vuelvas conmigo. Discute conmigo, grítame... pero no me dejes, por favor.

Las lágrimas le quemaban la garganta a Sage, y su corazón palpitaba esperanzado.

—Creía que solo te importaba el collar mientras yo...

Xandro dio un paso más hacia ella.

—¿Mientras tú? —Mientras yo estaba enamorándome de ti.

Xandro la miró aturdido.

—Tú... ¿me quieres? —murmuró con incredulidad.

Los ojos de Sage se llenaron de lágrimas.

—Te he querido desde el día que me besaste en Atenas.

—Yo también te quiero, Sage. ¿Tienes idea de cuánto te quiero?

—Xandro...

Él la rodeó con sus brazos y la estrechó con fuerza entre ellos.

—Te quiero tantísimo, Sage...

Después de eso las palabras sobraban, y empezaron a besarse y acariciarse para expresarse el uno al otro aquellos sentimientos recién descubiertos.

Seis horas más tarde, Sage se desperezó en la cama, y sonrió cuando los labios de Xandro descendieron, beso a beso, por su espalda. Pero cuando acudieron a su mente los acontecimientos del día anterior, se mordió el labio.

—Me preocupa Ben —le confesó.

Xandro la hizo girarse hacia él y colocó a horcajadas sobre ella.

—Lo sé. Pero cuando volvamos a Estados Unidos le buscaremos la ayuda que necesita. Y a tus padres, aunque no lo merecen, los ayudaré también, para que no pierdan Havenwoods.

Sage le rodeó el cuello con los brazos.

—Eres el mejor hombre del mundo.

—Y si aceptas casarte conmigo, seré también el más feliz —respondió él con una sonrisa—. ¿Querrás?

Sage sentía que le iba a estallar el corazón de tanta dicha.

—Sí, mil veces sí. Pero... ¿dónde viviremos?

—Puedo llevarte a ver todas mis propiedades cuando termine la próxima producción de la compañía de danza —le propuso Xandro—, y dejaré que escojas cuál quieres que convirtamos en nuestro hogar. A mí cualquier lugar del mundo me parecerá bien, siempre y cuando

te tenga a mi lado... como ahora, completamente desnuda.

Sage se rio.

—¡Qué cosas dices!

—Ya lo sabes, digo lo que pienso —bromeó él—. Te
quiero, Sage.

—Y yo a ti. Te quiero muchísimo.

Y de un modo tan natural como lo era el respirar,
Xandro se transformó de nuevo en el amante apasionado que la cuidaba y la adoraba, y le hizo el amor
hasta bien entrada la noche, la primera del resto de su
vida.

Bianca

Estaba dispuesto a arriesgarlo todo por lo
único que le importaba de verdad…
la mujer a la que había perdido

EL HOMBRE QUE LO
ARRIESGÓ TODO

MICHELLE REID

Para Franco Tolle, el chico de oro de la jet set europea, la
vida era solo una carrera de lanchas motoras que surcaban el
Mediterráneo más azul. Rico y famoso, el joven heredero era un
hombre temerario al que nada le importaba.
Pero una vez corrió un riesgo demasiado alto… Presa de un arre-
bato de pasión, le puso un anillo de boda a Lexi Hamilton… Unos
meses más tarde, sin embargo, serían unos perfectos extraños.
Y la vida le pasaría factura; una factura muy larga…

Acepte 2 de nuestras mejores novelas de amor GRATIS

¡Y reciba un regalo sorpresa!

Deseo

No podía evitar querer llevárselo a la cama

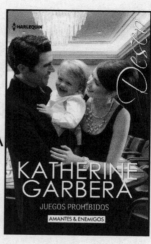

JUEGOS PROHIBIDOS
KATHERINE GARBERA

El gran magnate de los videojuegos Kell Montrose debía estar eufórico tras haberse apropiado de la compañía de los rivales de su familia y haber hecho rodar la cabeza de su presidenta, Emma Chandler. Pero había algo en aquella madre viuda que le estaba haciendo descubrir un lado tierno que no sabía que tuviera y una pasión que no podía contener.

Emma no quería ser un mal ejemplo para su hijo ni perder el legado de su familia. No iba a llegar a lo más alto doblegándose ante alguien tan avasallador como Kell, aunque la gran pregunta era: ¿por qué no podía contener el deseo de acostarse con él?

¡YA EN TU PUNTO DE VENTA!

Bianca

**El jeque solo quería disfrutar
cuanto antes de su noche de bodas**

BODA EN EL DESIERTO

LYNNE GRAHAM

Molly Carlisle estaba furiosa: el joven jeque Tahir, al que daba
clases de inglés, la había secuestrado y llevado al reino de Djalia
después de drogarla. Pero su furia se esfumó cuando conoció
al carismático y atractivo hermanastro de Tahir.

El rey Azrael tenía que hacer esfuerzos para resistirse a la tentación de probar las bellas curvas de Molly, y el deseo se volvió
insoportable cuando una tormenta de arena los obligó a pasar
una noche en el desierto.

Decidido a proteger la reputación de Molly, a Azrael se le ocurrió
la idea de decir que se habían casado en secreto, sin saber que
su declaración era legalmente vinculante. Molly se acababa de
convertir en reina de Djalia.